U0011311

暗

李金蓮——著

路

目次

推薦序

困守的人何以逃逸？

——讀《暗路》，一道道日光斜照下的殘影

陳蕙慧

「快逃啊，柴郡貓。」

——〈許老師的閱讀史〉

「這世界的歡樂是什麼？閃光愚弄著黑夜！」

——雪萊詩，〈花事〉

不可抗力的衝擊是理想生活的大敵。困守的凝滯更是閃亮生命的詛咒。

然而什麼是理想生活、閃亮生命？或許小說家各有他的想像和指涉，不過我所認識的李金蓮，從《山音》（一九八七）、《浮水錄》（二〇一六），到以五年時間完成的短篇小說集《暗路》，其內核始終如一，她更關心的是那些平凡日子裡的普通小人物，面對迎面

而來、驟然擲向眼前的變故，困在其中動彈不得，動念起身逃逸的可能或不可能，留下的掙扎與悔憾。

突破了《浮水錄》的家族敘事，但保留一向冷靜節制的文字與情緒，又極其謹慎地施加力道，李金蓮在《暗路》裡望向更多在劇變時代洪流中容易被忽略的小人物，不論男女，他們沉浮於「秩序」、「被生活馴服」、「奮力擁抱」的擺盪中，所餘留或深或淺、無人留意過的足跡。

她施加的力道在於小說中人物心緒藏得很深很深的縫隙與轉折，人與人之間（尤其是家人）密密織成，解不開的關係羅網，因為自責、軟弱、退縮、偶然爆發的渴望、壓抑的憤怒，而蓄積成一股表面看似平靜、內裡掀起波濤的張力，而這正是短篇小說的精髓與書寫功力。

〈許老師的閱讀史〉寫姊妹情結，與長達二十多年一段從未說出口的思戀。寡默不起眼、愛讀文學的妹妹許老師，許老師唯一的、亮眼且充滿自信、婚姻幸福的姊姊。父親早已離家，與母親同住的許老師為什麼每天都去到家裡那堆了雜什的陽台一隅呢？三角公園對面，遠方變幻萬千的天空之外，有她自己的《紅玫瑰與白玫瑰》故事，與終於無法遏止的哭泣。

〈暗路〉寫不快樂、極度潔癖的母親，和她面對大學指考倒數的獨生女。母女住在市場後面巷弄屋齡四十年以上的老公寓，天黑後，周圍彷彿「掉進去就出不來似的」，母親堅持到車站陪女兒走這段暗路回家。考期越近，母親被迫決定是否面對十八年前的那樁舊事，那是她無能踏入的禁區，或說她「掉進去卻從未走出來」的，不可告人，尤其不想讓女兒知道的另一條「暗路」。她與女兒的未來將會如何，也在倒數計時。

〈家庭劇場〉寫曹美麗和她強勢卻晚年重病的母親在某個雨天「逃亡」了。我特別喜歡這篇的形式，由素昧平生、相識於動物園的敘述者無名志工，寫下了她倆一路散步途中、聽曹美麗講述的家族糾葛。敘述者「一步步掉進故事的渦旋裡，尤其是那些發生在家庭裡綿綿無盡的日常瑣細」。讀者也是。

「她媽媽是抵抗活著、還是抵抗死去？」曹美麗自問。謊言不得不存在於家人間、朋友之間、甚至鄰里之間嗎？謊言自有效用，但效期多長？或有時候何須問效期？

對了，她們為什麼在動物園裡相遇？我們既跟作者一樣讚賞「活下去的方式不同了」的曹美麗，又哀憐「奮力的身影如此疲憊」的曹美麗。而那不有可能正是我們自己的寫照？

〈老太太的夜晚〉寫另一個奮力自原生家庭與族群「逃脫」的女性，在晚年藉著一本本相簿回顧一生，依然「奮力」在一張張照片中，試圖（或說服自己和旁人）保住生命旅程中美好的片斷，以證明自己的幸福，然而卻遮擋不了實則早已千瘡百孔的生活真相⋯⋯

〈騎士的旅程〉寫做了一輩子賣潤滑油的業務員，在即將邁入花甲之年，買了被戲謔「風神」的重機，南下訪舊友的一天。他身上攜帶多年前以妻子名義買下的舊友畫作，轟隆隆地穿過「顯得老態的城鎮」（此時他想起「重機客成群結隊的成就之一，就是擾亂既有的秩序」），一路回想自己未竟的畫家夢想（隨即啐這個用詞「太矯情」），這一天他明白了舊友為何將畫作命名為〈秋色・返〉的緣由了。

返家後，他想去看山。「從山的位置仰頭去看看」。他將看到什麼？你若也隨他仰頭，將看到什麼？

〈花事〉有雙重閱讀樂趣。李金蓮在〈後記〉中自承最初寫《浮水錄》時不順手，直到靈機一動，用了〈花事〉裡姊妹的名字，此後寫作就順了。《浮水錄》出版後有三位朋友認出來，且各有解讀，她於是決定重新修潤，收錄在《暗路》中。

〈花事〉寫十五歲少女林秀代的中學生時代。父親失業，家中小客廳堆滿母親承接的家庭代工外銷鞋面材料，秀代被必須幫忙趕工及課業壓得喘不過氣來，在學校忽然受命照顧一盆弱小的杜鵑，受年輕氣盛的國文老師看重，懵懂於自己與他人的不同，雖曾有過朋友，但終究察覺身處不同世界，更無法理解父母的吵吵和和。

秀代想要「等待證明自己的杜鵑花，是常綠、永不凋萎的花樹」，但有天她的杜鵑不見了。「每一次做完夢，秀代就對周而復始的生活感到懨懨不耐」，秀代去看被搬移至興建中的庭園那盆杜鵑時，聽見有人在一片黑暗中輕輕叫喚她的名字，但轉頭不見人影。日後秀代時常想起杜鵑的故事，「好像生命活生生的感覺，就是從那時候開始。」周而復始中，紛陳的、亂糟糟的、想抓住又無法抓住的、暗影中似有若無的叫喚，那些都是生命活生生的感覺。

〈沉睡的信〉是《暗路》寫作後期，李金蓮再為秀代、秀瑾兩姊妹寫的後續故事，並多了一位妹妹。寫秀代念職校時愛的萌芽與失去，早入社會、諸事煩亂的她，開始給還記得她的老師寫信，此後持續多年。無數年後，當她偶然得知老師近況，找出首飾箱、取出老師送她的一條項鍊，看到堆著雜物的箱子，不禁怔怔，「由這些小地方，證明了她已是被生活馴服的人」。

她慢慢地、細細地檢視與老師通信又斷了聯絡的層層記憶，最終體認到了「或可被稱為某種情分的愛的情感，正折磨著她」。

全書七篇作品，如同《浮水錄》，我嗅聞到屬於台灣這塊土地、時代巨輪中隱於重大事件背後，浮世男女奮力生活的氣息，又有閱讀宮本輝、角田光代、村山由佳、鄭清文等名家短篇小說的風味和旨趣。

李金蓮以她小說家之眼與筆，凝視平凡如你我的人們，於困頓生命旅程中猶搏鬥不已，所遺留的神傷與幾抹芬芳。我們在故事中將之辨認出來，得以明白些什麼，捕捉些什麼，並安置它們。

＊本文作者為資深出版人。

許老師的閱讀史

三角公園的斜對角，是一排陳舊的公寓樓房，公寓面向著公園，被幾株茂盛的雀榕半遮蔽。許老師經常在日落時分，倚著住家三樓陽台的欄杆，遙望對面公寓住戶出出入入，包括她姊姊一家。

結婚後她姊姊在靠近娘家附近買了房子。生活上兩家往來頻繁，有時連著幾天賴在娘家吃晚餐看電視，一家三口洗完澡才盡興了回去。

她姊姊剛才來電，叮囑她有空過去一趟。她還在猶豫不決，傷慟的時刻，見了面說什麼好呢。生死有命、離苦得樂、展開人生另一段旅程……安慰人的話，她在心裡反覆演練，但就是說不出口，即使是自己的姊姊。

下課返家到晚餐之間，十分鐘，二十分鐘，或再長一點，許老師常常一個人在陽台俯瞰眼下的全景。夏季的傍晚，公園附近的樓房牆面，鍍上一層金色光影，那是將沉的太陽玩著她的光之魔術，漸漸地，金色光影轉變成了灰黑。這是一天中最寧靜、也最喧嘩的時刻。附近住家的小孩湧入公園嬉戲，老人在簡易的健身器材旁扭動腰肢，主婦們則聚攏一起，說著話，慢慢移動步伐，去車站那頭的便當店採買晚餐，零星路過的人，則步履匆忙，他們穿過公園，到另一頭的公車站去。居高臨下，寧靜與喧嘩並存，許老師的內心裡，似乎也是如此。

姊姊結婚前，帶她到公車站旁一家平價牛排館，雖然價廉，店內牆壁貼著仿歐洲古典風的壁紙，屋頂掛一盞造型燈飾，室內布置俗麗，卻符合姊妹倆的經濟能力。她即將從師院畢業，姊姊擔心她沉默的個性進到學校實習會吃悶虧，名為慶祝，其實是諄諄提醒。

吃飯時，姊姊舉起水杯，說以水代酒恭喜她，「不容易啊，終於要出社會了。」隨即又面露憂色，「妳呀，就算一棒子打在妳身上，也不吭一聲，妳不說話，上課難道照課本念？學生會欺負妳喔。」姊姊說。

姊姊對她的擔心很多，擔心她太安靜，擔心她跟同事相處不睦，擔心學生討厭她，擔心她不適應社會。姊姊的擔心，也是她鎮日苦惱的事，但她無力改變。

三十年前的餐敘，是她們姊妹難得的傾心相對，姊姊鄭重告訴她：「今天這頓飯還要慶祝另一件事。我要結婚了，替我開心吧。」姊姊的臉上露出了夢幻般的微笑。

吃生菜沙拉時，姊姊用叉子從千島醬裡挑起一根生菜，說：「我最愛吃菊苣了，我們家好像沒吃過這種蔬菜。」許老師知道姊姊的意思，未來她的家，由她來決定吃什麼不吃什麼。

牛排端上來了，姊姊對著發出滋滋響的高溫鐵盤，篤定地說：「結婚後，我要嚴格控制，少吃肉，不然半年肚子就中廣了，喔，我是說妳姊夫。」然後她張開手，面露微笑，持刀用力地切分肉塊。

他們巡禮如儀的吃著，當服務生送來飯後甜點，姊姊又盯著鋪在布丁表面的焦糖打量，自言自語各種焦糖的作法，據說不鏽鋼湯匙加熱就可以把表面的糖粉烤成焦糖，姊姊急著想試試看。

那一晚，幾乎全是姊姊滔滔不絕，訴說著她對未來生活的想像，語氣裡盈滿了嚮往，彷彿隨時輕拍翅膀，騰空飛去。即將邁入婚姻的女人，是否都像鼓動翅膀的美麗蝴蝶呢？許老師自問著。

終於要結束餐聚了，姊姊神色一沉，說：「以後，就妳一個人陪伴媽媽了。辛苦妳囉。」

姊姊說話時，許老師總是輕輕點頭，嘴角或許露出了難得的微笑。她是不輕易笑的，容易緊張，害羞，拘謹，但她為姊姊高興，沾染了姊姊的喜訊，竟有了些許暈暈然，她囁囁張開口，努力地說出：「姊，祝妳幸福。」她也不覺得應付媽媽是困難的事，她們那個家，終年如此，就繼續下去。「媽媽妳放心。」她說。

不久，她姊姊買下公園對面的舊公寓，說是剛好路過，屋主開價便宜，未來的先生也同意，還幫忙殺價，省了十萬元。

因為居高臨下，聽不清楚公園裡主婦們說的話，但許老師可以想像。她們可能正在交換生活訊息，譬如近時流行鐵氟龍炒鍋，有多麼好用，多麼不沾鍋。她們還會抱怨孩子們在學校裡的閒雜事，看，我兒子頭上的傷口還沒完全好呢，被同學用水壺敲的，幼稚園就開始欺負人了；前面馬路邊新開了一家舞蹈班，我女兒去上了兩個月，進步好多啊……。女人經歷生養之後，開始對生活細節神經質地執迷，許老師在學校裡也必須應付這樣的媽媽。

許老師觀察到，女人群聚在一起，其中必有一人，跳出來掌控全局。她在學校裡遇到過，有位媽媽誇誇其談如何養成良好的生活習慣，說她先生小孩出門上班上學，她大權在握，每個房間巡視一遍，見了不順眼的東西，立刻扔進垃圾桶。她得意洋洋，教導媽媽們如是這般。許老師旁觀媽媽們崇拜的眼神，心想，女人被柴米油鹽家務事綁縛，是多麼可悲的事。

但那是許多年前的想法了，她現在有了改變。她姊姊婚後勤加學習烹飪與烘焙，每個週末，端著菜餚與點心，穿過公園，在娘家餐桌上擺開陣仗，臉上的笑容啊，許老師嘗試著在心底形容，彷彿女人就在這一刻，達到了生命的巔峰。

她不曾跟異性戀愛過，幾乎連偷偷喜歡某個男同學，都好像朝池塘裡扔進一顆小石頭，一陣波瀾，很快就風平浪靜。她想，姊姊像花朵盛開般的笑顏，究竟是身體的生化反應，還是愛情降臨的證明呢？姊姊請她吃飯那一回，整晚近乎虛榮炫耀的燦笑，她始終忘不了。

兩年、三年之後，姊姊不再端著菜餚與點心回來了。她在姊姊臉上尋索著愛情的印記，代之的，是看不出起落的尋常一般。她依然相信姊姊的幸福，相信愛情轉換成真實的生活，愛情與婚姻，形式不同，愛的基礎卻是一樣的。她的姊姊不致被柴米油鹽淹沒，而她的姊夫，是個無限給予的人。

眼下公園裡人們生活的實景，忽然令她擔憂起姊姊。等姊姊心情好一點，是否該勸勸她，到公園加入女人堆，胡說八道言不及義都好，那是女人真正的快樂。她遠遠望見靠公車站那一頭，還有一群女人，她們固定在孩子放學後聚在一起，做一會兒伸展操，抖一會兒手，說一些兒話，盡興了，各自回家。姊姊或許需要這樣的友伴。

無論如何，再怎麼悲傷難熬，都不能勸姊姊讀書，姊姊最不愛的就是讀書。她曾說：「唉呀，我一看到字，頭就昏。」

但姊夫卻喜愛讀書。當上小學老師後，每日清晨，許老師步行到公園另一頭的公車站，她任職的學校離家近，搭幾站公車就到。等公車時，她經常遇見姊夫。

他們搭同路線公車，姊夫會跟她道聲早安，接著兩人就不再說話。若是在車上並肩而坐，姊夫總是打開書本，安靜地讀。有一回，她壯起膽子，偏移身體，窺看姊夫讀的書，在整齊排列的印刷字體中，尋找文字透露的片段訊息。接著，她就該下車了。她下車後回過頭，在公車起步移動的瞬間，望見姊夫埋著頭讀書的模樣。

●

許老師的媽媽在喊她，她返身進屋去。是學生的來電，問她明天是否是繳班費的最後一天？她耐心地回覆了。學生又天真地問：「老師，妳現在在做什麼？」她心頭一抽，緊張起來。

緊張的時候，她的臉部會立刻繃緊，臉頰微微凹陷，脖子以上開始發熱，嘴角勉強擠出一絲拉扯肌肉產生的苦笑。她從未真正開懷地笑過，她所有的笑，都是為了掩飾緊張。來電的學生，是個嘴甜的孩子，但超過例行事務的問話，她就無法應付，她怎麼能跟學生說，老師剛剛趴在陽台欄杆上，望著遠方發呆。學生不會懂，她也不願據實以告，她說不出口。她只能講具體的事情，明天記得繳班費，教室裡的電扇修理好了，體育課記得穿運動服，這類的話。

她對著話筒想說些什麼，「老師正在……」剛脫口，還是止住了。那甜蜜小公主插話進來，說：「老師，妳要好好休息喔，不要太累喔。掰掰。」接下來，她該跟學生說，妳好乖，要乖乖寫功課。但緊張這個毛病，總是在需要說些什麼的時候，脖子突然發熱而收緊，她看不見自己，但知道自己的嘴，無法控制的，又憋出似笑非笑滑稽的紋路來了。

她掛斷電話，起身時朝陽台望了一眼，她是想回房間批改作業。陽台的欄杆原本上了紅色的漆，漆色快掉光了，露出斑駁鐵鏽。民國一片欣欣向榮意氣昂揚之際，名叫佟振保的男人，跟他的情婦在十里洋場的陽台上踢來逗去，他踢了欄杆，又踢了情婦坐著的藤椅，情婦比較直接，嬌俏又潑辣，伸出腿橫掃過去，小說裡沒交代踢中佟振保的哪裡，但佟振保手中的茶杯差點灑翻了。

這陽台調情的一幕，幾乎是許老師對愛情初啟的第一次想像，那是什麼時候的事呢，什麼緣由下，讀了這個以玫瑰的顏色譬喻女人命運的故事呢？算算時間，應是國三最拚命的時候，在既是不經意又像故意的撩撥之間，愛情遊戲降臨在日常住家的陽台上。

傍晚倚著陽台欄杆發呆，這習慣幾乎從國中時期就開始了。不，念小學時的那一次，父母嘶吼吵架摔東西，她為了躲避一只玻璃杯，飛奔跑向陽台。此後，客廳裡喧嘩吵鬧聲起，她便一個人坐在陽台的角落，讀書。愛麗絲掉入兔子洞以後，她的心臟開始上升，屏息讀著每一段驚奇的冒險。日後她知道那是奇幻的魔力，令人興奮、緊張、遠離現實，紅心王后對著僕人下達命令：「給我砍掉他的頭顱！」她兩手顫抖，幾乎掉下眼淚，心底大聲喊叫著：「快逃啊，柴郡貓。」

她媽媽經常說：「妳把陽台當成防空洞，以為這樣，全世界都找不到妳？」朝夕相處的媽媽，並不了解她，她沒有躲藏，相反的，那是她朝向外面世界的時刻。

陽台的角落堆放著拖把、香火爐、紙箱等等雜物，透露出她們家日常生活的缺乏重量，跟公園裡媽媽們輕淺的談話無異。當許老師發現紅白玫瑰的命運並無不同，生活的本質即是如此，她不再輕蔑那些她所不明瞭的女人。她喜歡她們，一如喜歡自己的姊姊，希望姊姊獲得無上的幸福。

●

晚餐時，媽媽提醒她：「記得去妳姊姊那裡。」

許老師點點頭，說：「我會。」

母女倆每日近距離面對面，也就是這頓晚餐了，其他時間，即使住在同一屋簷下，也沒有太多交談的機會。她媽媽並不熱衷烹飪，晚餐桌上就簡單一葷一素，像隨意打發日子。許老師並不挑剔，默默地吃，剩下的飯菜就拿來裝便當，次日帶往學校當作午餐。

她媽媽總是一邊吃飯，一邊喋喋不休。隔壁一家人都是混蛋，垃圾丟在樓梯間，什麼德行。不是說要離婚嗎，又生了個男孩，就這麼賤？老公在外頭搞女人，聽說長得年輕又漂亮，既然長得漂亮，怎麼會跟個醜八怪？還不是為錢嘛？兩個女人都是為了錢！高麗菜一顆一百塊，是要吃死人啊，打仗也沒有這樣，什麼政府……她媽媽對生活的抱怨無止無盡，她長年默默承受著。

快要吃飽的時候，她媽媽忽然想起了姊姊，說：「我叫妳姊姊，還有小安，過來吃飯，她不肯。妳姊姊真可憐。」

她回覆了一聲，喔，很輕的一聲。就這樣。

去年冬天，過完農曆年，斜對角公寓的紅色大門，在緊閉多日後，徐徐開啟，她姊姊攙扶著姊夫出來。他們步行至公園，找了張椅子坐下。

姊夫身穿厚重羽絨衣，頭戴毛帽，頸脖間圍著鼠灰色毛呢圍巾，全身包裹緊緊。她姊姊不時偏斜身體，幫他整理衣帽，拉緊衣領，防止風灌進身體裡。然後，兩人無言的並坐著，從遠處望去，在傍晚寒氣森森的氣溫下，像兩尊悉心裝扮的雪人。

他們就這樣安靜地坐著。不久，有個冒失的男孩騎車經過，大概還在學騎，差一點暴衝過來，她姊姊面露緊張，站起身，一副肉身抵擋的強悍姿態。而她姊夫依然坐著，沒有任何反應。

終於，她看見姊夫的嘴角掀動了幾下，她姊姊也是，他們開始說話。然後姊夫伸出手，像鍾愛情人或是孩子一般地，輕輕撫摸姊姊的後背。

她在陽台凝望著，心內無法抑止地湧起一陣悲傷。姊夫罹患了肺腺癌，這樣的好人，卻承受著身體的拖磨。

過幾日，她奉媽媽之命送雞湯過去，姊夫喝了一小碗，眼睛裡閃耀起晶亮的神采，他面露歡欣地說道：「佛陀在菩提樹下苦行多年，後來喝了牧羊女供養的新鮮羊奶，那羊奶的滋味，就像這碗雞湯。」

隨即，姊夫收斂臉上的笑，輕嘆了口氣說：「但佛陀卻說世間一切無常，這麼美味的雞湯，也是無常輪迴裡的幻象。」

「悉達多說，萬事萬物無非是和合現象，如果我沒有生病，怎麼知道雞湯美味？是生了病，才知道世界上還有美味的東西？」姊夫說著，又笑了，是苦澀的一笑。

她姊姊不耐煩了，其實是捨不得，插嘴說：「想喝就多喝一點，你管佛陀說什麼，他又不是總統。」

她提起保溫鍋，要走了。姊夫喚住她：「幫我跟媽媽說謝謝。」她照舊不說話，只點頭。趁著點頭的時候，她目光飄移，也不是有意的，應該說是一種習慣，她習慣注意姊夫正在讀的書。茶几上有本書，敞著書頁，她一閃即逝地記住了書名。然後像害怕偷窺被發現，快速轉移目光，趁所有緊張的毛病尚未發作，轉身而去。

回家後，她拜託母親給姊夫繼續燉煮雞湯，她每天送去，這樣就可以聽姊夫講悉達多立地成佛的故事，以及幻象、和合、空性、無明之類的道理。

網購的書寄來了，許老師夜裡改完學生作業就安靜地讀書，讀姊夫讀過的書，讀到女尼烏帕拉問愛戀她的癡情男子，你喜歡我的什麼，癡情男子說，妳的眼睛，妳那明亮知曉一切的眼睛。烏帕拉伸出手，毫不猶豫，把眼球挖了出來，血淋淋送給了男子，許老師驚嚇地啪地一聲，放下書本。色相是空，貪愛亦然，許老師嗅到了死亡的氣味，她不要這樣，不要。

客廳裡電話鈴聲響起，她媽媽接完電話，靠到她房門大聲地說：「妳姊姊說，不用送雞湯了，喝膩了。」

前年冬天，班級裡發生失控的事。有時候，她會突然心生懷疑，責備自己不適合當老師，雖然不算太討厭小孩，但也從未真心喜愛。她教國小四年級，這個年紀的孩子，無分男女，開始有心機了，容易鼓動浮躁，她常常感到心有餘力不足。

學期末的班級同樂會，她讓學生排練戲劇，學生投票選出《青蛙王子》和《小紅帽》。排練期間，她幾乎管不住一群小蠻牛，男生不斷追逐著女生索討親吻，女生則一個個尖聲尖叫，幾頂紅帽子不斷在空中漫天飛舞。她在學校裡沒什麼朋友，遇到困難，不知道該如何求助。幸好隔壁班的陳老師路過，伸出援手，大聲喝斥，穩住了秩序。

站在講台上束手無策的一秒、兩秒、三秒之間，許老師的腦中躍出隆隆戰火下那對孿生兄弟，他們雪一般蒼白的長臉，以及越來越卑鄙的狎笑。許老師幾乎忘記他們了，他們靜靜躺在某本書清冷的文字堆裡，此刻，許老師憶起了孿生兄弟所做過，意圖取代公正的上帝，卻恰恰和戰爭如同的，那些傷害與被傷害的事情。

事後，她買了本小書當作禮物送給陳老師。她小時候讀過《羅蘭小語》，把喜愛的句子抄寫在筆記本裡，一遍一遍反覆地讀。如今《羅蘭小語》不流行了，她換了一本現代作家寫的語錄體小書，夾了張卡片，寫著「謝謝陳老師」，靜悄悄放在陳老師的桌上。隔日，她路過陳老師桌邊，發現小書翻動過，卡片從書的中央探出頭來，她心裡立即湧出一股喜悅之泉。

許老師小時候讀過許多王子公主的童話，她坐在陽台地板上，背靠著欄杆，躲進故事裡，暫時聽不見屋內的喧鬧。但她記得，那個後母設計砍掉小男孩頭顱的故事，她讀得心驚膽顫，懷疑勤於爭吵的爸爸或媽媽，也會做出同樣的事情來。不久，爸爸離家，從此不見人影，她開始擔憂，媽媽會是動手的那個人。

她後來跟姊姊的男友、後來的姊夫通信，曾在信中問過這個問題。童話裡不斷以巫婆、後母、大野狼嚇唬天真無知的小孩，結局卻是王子公主幸福一生一世，究竟在傳達什麼意思呢？姊夫像個無所不知的教師，回信告訴她，前者是殘酷的現實，後者是給妳生存下去的勇氣。「妳是個美麗的姑娘，應該好好享受幸福，請不要為無中生有的事揪心。」姊夫信中體貼地點醒許老師，喔不，是姊姊，美麗開朗的姊姊。

為期一週的排練結束，表演的前一日，她在課堂上告訴孩子們，童話是體驗殘酷的現實後，讓人擁有承擔責任的勇氣。孩子們的表情，有的認真有的不明所以，忽然，從脖子開始，一陣向上延燒的灼熱感，很快爬上了她的臉頰，臉部的肌肉又開始緊縮，孩子們的一張張臉孔，變得逐漸模糊。

她事後分析自己，說出「童話是體驗殘酷的現實後，讓人擁有承擔責任的勇氣」這樣的話，已超過了她的負荷，她心想，我的確做不好老師。

礙於拘謹的個性，許老師沒有太多的選擇，成為小學教師是最安全的職業了。她將姊夫教導給她的人生道理，傳授給了孩子們，雖然做得彆扭，但職業人生裡第一次，她說了一名教育者該說的話。

姊姊在一場生日舞會上與姊夫相識，他們整晚相擁跳舞，在彷彿撒著花瓣般旋轉的燈影下，姊姊容顏煥發，一襲米白長裙，搭配白色布鞋，儀態婉轉，搖曳生姿，當音樂緩慢下來，她緊靠姊夫的胸膛，嗅覺引領她沉浸在男人身體的氣息中。舞會結束，兩人在夜色如夢的街上，徐徐慢步，絮絮綿綿說著好似從上輩子即已開啟的話語。穿過不知幾條街巷後，他們走到三角公園的一角，兩人怔怔相望，依依道別，互換了地址與電話，切切交代莫在茫茫人海失去了彼此。姊夫反身離去，消逝在公園濃密的榕樹暗影裡，那個當下，姊姊心跳加速，緊張快樂歡欣滿足地，巍巍顫顫推開了公寓的大門。兩個月後，姊夫剃了個五分頭，當兵去了。

姊夫寄信來，姊姊心情澎湃，難掩戀愛的狂喜。當她終於安靜下來，開始憂愁。她走進許老師的房間，從那場令人暈眩的舞會細說從頭：「他說，喜歡我長裙配上白布鞋，他說，沒有人敢這樣穿搭。說我美得很特別。」姊姊遞上姊夫的來信，苦惱地問許老師：「他好會寫信呦，妳看，他寫了三張信紙。怎麼辦？我不知道怎麼回信給他？」

許老師讀了姊夫寫給姊姊的第一封愛情信箋，信裡並沒有熱烈的表露，只細細寫著軍旅新兵的生活瑣細：

「前天我們徒步練習，在路邊的土地公廟休息時，同梯裡有屏東來的，他嚷嚷著，茶、茶、茶，原來屏東人說的茶，是茶水的意思，白開水也是茶水。同梯來自各地，有不同的生活習俗，我覺得有趣。

訓練中心規定每晚七點半開始洗澡，但是昨晚，晚飯過後，突然砰地一聲，據說是變電箱短路，宿舍裡頓時一片漆黑，我們摸黑去洗冷水澡，大家哇哇叫，感覺這就是當兵的日常。

……」

為何沒有傾訴思念呢？許老師猜想，這淡然的描述，或許想讓所愛之人看見，他是如何生活的，好似姊姊就陪在他的身旁，那是一份懇切的心意吧，許老師於是跟姊姊建議：「也說說妳生活裡的事吧。」

她開始替姊姊代筆，姊姊總是讓她先讀姊夫寫來的信，了解姊夫軍旅生活的點點滴滴；下筆前，姊姊說，她記錄。姊姊說著公司裡的事情，會計工作很有威嚴，業務員報帳單據稍有瑕疵，她理直氣壯質問人家，你在學校有沒有學過算術啊？姊姊交代她：「跟他說，這個時候就覺得自己很重要，會計很重要。」許老師據實寫了下來，但她稍改了修辭，她寫：「這個時候就感受到了自己的存在感。」姊姊對存在感一詞非常滿意，她摸摸許老師的頭，讚美道：「將來要當老師的，就是不一樣。」即使如此，姊姊的工作仍顯瑣細乏味，姊姊也不許她寫到錢這個字——即使她經常掛在嘴邊，我的工作就是數鈔票，越多越好。姊姊問她：「這樣寫了多少字？」她回答：「四行。」姊姊嘆口氣，耍賴地說：「不管了，交給妳。」

後來，她們就以這樣的模式，姊姊口述，再交給許老師自由發揮。她嘗試著描述身邊發生的事，像姊夫寫來的信那樣鉅細靡遺，譬如：家裡的兩盆曇花，快要入夏了，我們正等待著午夜時分曇花瞬間綻放；家附近的公園最近安裝了鞦韆，我想去試試，看自己能盪得多高；最近同事們都去看了《末代皇帝》這部電影，你在軍中，沒辦法看電影吧？電視上說很多年輕人在北投大度路飆車，真可怕……很快地，她感到了羞愧，她向來是個漠視生活的人，她厭煩現實世界，厭煩雞零狗碎的事，她困乏的文字能力，甚至讓生活變得更加黯淡。

聊聊讀過的書吧，這個念頭像片浮雲飄進許老師的腦中，她樂觀地相信，如此一來，姊夫會更加珍重她的姊姊。

往返幾封信後，她驚訝發現，她姊姊愛上的，是個讀過許多書的男人，凡她提及的書，姊夫都可以回應一套見解。譬如她問姊夫，契科夫何以如此殘忍，在兩兩相依的滑雪道上，狠心戲弄情竇初啟的少女？男人特別喜歡開這種玩笑嗎？姊夫回答她，這篇小說契科夫寫過兩個版本，原先的版本可是喜劇收場呢，可見作家隨著時間，對人性有了不同的見解。作家總是對悲劇鍾情，他們喜歡從悲劇裡看清人世的真相，即使那是杜撰的。「別管作家怎麼想，我們追求自己的幸福，在世間的幸福裡，安身立命。」信的結尾，姊夫說。

姊夫信裡使用了我們兩個字，觸電似的，她感到一陣暈眩，錯愕隨至，分不清那個我們是誰。

此後，許老師加倍努力地讀書，以便給她的姊夫寫信。某日，她姊姊手裡拿著剛收到的信，倚在門邊通知她，以後不用幫忙寫信了，姊姊說：「我自己來。」

許老師靠在陽台欄杆上，看著從雲翳裡冒竄出來的月亮，那是一個月亮特別冷清的夜晚。她想著過去半年，那一封封信箋傳遞的絮語，讀信的人，一顆心隨之上升下降，又上升，又下降。僅僅只是代筆，那屬於愛情無盡的冥想所帶來的焦灼，許老師宛若懂得了些許。我等待你的回應，我擁有你，我燃燒自己給你看見，我焦慮，我表現出哀愁與憂傷，我們彼此思念、魂縈夢繫……她想，姊姊的心情，我了解。姊夫是屬於她的。

她進入開刀房等候區時，正好迎接小嬰兒宏亮的初啼聲。男孩，聲音聽起來即是個可靠的小傢伙。姊姊被推送出來，送進麻醉恢復室。她和姊夫在等候區的座椅上，挨著肩，坐著等。

他們平日就不怎麼交談，並肩坐著，也就是坐著。時間變得特別緩慢，冷氣特別的冷，密閉的等候室看不見外面的天色，許老師開始在心裡默念著：一隻羊、兩隻羊、三隻羊……這是她自小應付焦慮的方式。焦慮什麼呢，坐在姊夫身旁，令她手足無措，感覺頸後燥熱發燙的老毛病，又開始了。她不知道姊夫對她了解多少，姊姊是否告訴過他，妹妹容易緊張害羞，即使知道也無濟於事，她仍然緊張，身體發寒，像是站在懸崖邊緣。直到護士通知姊姊醒了。

因為放暑假，許老師有時間陪伴姊姊。她每天送媽媽燉煮的鱸魚湯到醫院，然後在病房張羅細瑣，等姊夫下班。剖腹產後的婦女，腰際綁一圈護腰帶，以減輕傷口的疼痛。但姊姊還是喊疼，尤其護士要求姊姊下床走路，幫助傷口癒合。她扶著姊姊，走兩步，姊姊就放聲喊痛。姊姊也不願意去育嬰室看自己初生的孩子，只想賴在床上休息，她說：「以後要照顧一輩子，現在讓我偷個懶吧。」

有幾次，許老師陪姊夫去育嬰室，姊夫手持奶瓶餵食小嬰兒，又按護士的教導，將小嬰兒側身，拍背。許老師跟著學習，姊夫上班的時候，就換她來育嬰室給小外甥餵奶。其中一次，他們的目光同時投向一對新手父母，母親餵著母奶，父親興奮莫名，對著小嬰兒喃喃地說：「我是爸爸喔，來，叫爸爸，叫爸爸。」

她和姊夫不約而同地笑了。這不是她第一次看見姊夫那大好人式的溫煦笑容，但姊夫卻可能是第一次見到她笑。姊夫會特別留意她笑起來帶著一絲苦澀、像是勉強的笑嗎？她去教書前，曾經對著鏡子練習，這才發現自己的笑容，只是臉部肌肉輕微地抽動，好像有人逼著她似的。

姊姊的傷口三天後痊癒了，許老師陪伴姊姊回娘家坐月子。許老師已學會幫小嬰兒洗澡、餵奶、換尿布，姊姊睡醒了看她忙碌，讚許她：「妳比我更像個媽媽呀。」

為了照顧外甥，許老師跟媽媽起了衝突。她媽媽用厚毛巾將小嬰兒的身體和手腳綑綁起來，說是防止嬰兒受驚。但書上不是這樣說的。許老師買了幾本育嬰書，書上說，剛出生的小孩來到全新的世界，他會不斷舞動雙手，以舞動的姿勢試探這陌生世界是否友善安全。把小嬰兒綁縛起來，他潛意識裡的恐懼，將永遠無法排解。

於是，她將嬰兒的手腳從綑綁的毛巾中解開，她媽媽寒著臉，碎念著：「有什麼問題嗎，妳們不就是我這樣拉拔養大的嗎？」她無言，只輕輕拍著小外甥的胸前，猶如是護衛。

夜裡，許老師聽見姊姊跟姊夫商量，聽媽媽的，還是許老師的，兩人都有道理。姊夫主張聽許老師的，他說：「每個家庭的第一個孩子，都是照書養的。」姊姊不爭，僅以嘲弄的口吻說：「好吧，你們倆是讀書人嘛。」

姊姊後來跟她說，孩子是她的，不能一直靠媽媽和妹妹，「不如這樣，妳讀書給我聽吧。」

晚餐後，她開始以生硬的聲音，為姊姊讀書，只讀一小段，以免姊姊缺乏耐性，喊累。孩子一個月、兩個月、三個月，每個月，身體和認知學習會起什麼變化，幾時換吃副食品，幾時斷奶，停尿布，學走路。切記，開始吃米飯後，讓孩子跟大人同桌用餐，讓孩子知道他是屬於這個家庭的一分子……

她讀書時，姊夫就抱孩子，他拉開汗衫，將孩子放在汗衫上，輕輕地搖晃。偶爾，他抬起頭，聽許老師念書，並露出微笑。她姊姊則是吃這個、補那個，身形很快圓潤了起來。

許老師從書頁裡抬起頭，望向眼前，白亮的日光燈照耀下，這是一幅幸福家庭的情景，她感到無比的欣慰，感到自己讀書時面部的肌肉，漸漸變得鬆弛。那備受萬千寵愛的孩子，有了小名，全家人喚他，小安。

她父親外面的女人打電話來，通報父親的死訊，突發性的心肌梗塞，送往醫院已來不及。她媽媽面無表情，以堅決的語氣，告訴電話裡她恨了半輩子的女人：「他是我的男人，就算死了，也是我們許家的事。」

做頭七，師父到家裡誦經，女兒女婿外孫齊齊跪地，反覆的祭拜與誦念。中途，小安向陽台張望了一眼，大喊一聲：「曇花開了。」沒人搭理，大人專心念經文，《地藏王菩薩本願經》。

誦一段後歇息，她姊姊和姊夫站在落地窗前，看已然盛開的曇花。姊姊問小安：「你看著曇花張開嗎？哪一朵最先開？左邊這盆，還是右邊這盆？」

「一起開的，我親眼看見。」小安回答。

「同時一起開花？怎麼可能，太神奇了。」姊夫說。

她媽媽端出乾麵和味噌湯，立刻皺眉不高興，怨聲地說：「這像是在辦喪事嗎？欣賞起花來了，妳爸屍骨未寒哩！」

姊姊回了一句：「曇花不是爸爸種的嗎？爸爸在跟我們說話。」姊姊說完吐了吐舌頭，深知惹媽媽生氣了。

一場頭七做下來，耗時五小時，大家都累了。師父也累了。姊夫好奇問師父，以後每個七都花這麼長的時間嗎？師父講解做七的規矩，看喪家的意思，也可以省略偶數七，只做單數七，現代人忙碌，近來已有越來越多家庭只做單數七。姊夫轉頭對姊姊說：「那我們也做單數七吧？」姊姊立刻同意，聲稱：「這樣好。」又悄聲地跟許老師說：「這個人離開家這麼多年，感覺他早就不存在了。」

但她媽媽卻啪地一聲，一巴掌重重打在茶几上，憤憤地說：「以後我死了，也這樣對我嗎？」想想又說：「我把他搶回來，就是怕落那個女人的口實，說我們不盡心，虧待了他。」她媽媽流下了眼淚，是恨的眼淚。

在場的人面面相覷，小安乾脆打開英文課本，埋頭下去。

送走師父，她姊姊拉著姊夫和小安要走。突然想起了什麼，在櫃子裡找出剪刀，轉身到陽台剪下了兩枝曇花，回頭對許老師說：「曇花補肺，我帶回去，給妳姊夫蒸冰糖吃。」跟媽說，照她的意思，就做滿七七吧。」

家裡安置了神主牌位，晨昏一炷香。隔著落地窗，許老師靜靜聽著窗內的動靜，她媽媽穿著拖鞋踢躂踢躂走過來，滑動打火機，點燃香火，敬拜三下，轉身離去。

落地窗嘎地一聲，她料想不到媽媽會推開窗，踏進她的世界。媽媽靠向她，以和她同樣的姿勢，身體略微前傾，兩手跨在欄杆上，瞭望遠處的公園。

她們沉默了半晌，媽媽問她：「妳到底在看什麼？看公園裡的人嗎？」她照舊沉默，不是賭氣，而是無言。她媽媽可能以為，這個性情奇怪的女兒，老是用不吭一聲的方式，向她抗議，懲罰她。但她從未想過要懲罰誰，不原諒誰。

十月初，傍晚有些風涼。風是從公園那頭吹過來的，她們沐在微風吹拂下少有的平靜中。她媽媽突然冒出一句：「現在反倒平靜了。」

她轉頭望向媽媽，眼睛裡必然是散放著迷惑，以致她媽媽尷尬地低下了頭。但媽媽明明想說話，沉默了一會兒，終於說道：「好像身體變成一個大窟窿，空掉了，反而就平靜下來了。果然是，世事一場空。」

接著，母女倆停頓在前傾的姿勢，靜靜倚靠著欄杆。她媽媽繼續說了些話，撩動著習習晚風，許老師覺得該回應母親，但她不知道該說什麼好，她總是這樣，掙扎半天，終於開口：「死亡，是生命的另一個稱呼。」

怎麼會在她媽媽盼望她說句話的時候，說得如此唐突呢？她往前推想她們之間的交談，應是媽媽提及了父親的死，死亡帶來的世事空茫，也可能是她忽然想起讀過的某一本書，在彼此交錯的語境下，她脫口而出。那麼，她究竟想跟媽媽說什麼呢？她明明想寬慰媽媽受盡的苦楚，是啊，在時間的洪流裡，從一開始就注定賦歸虛無，所有的情愛最後都化為塵土。但這算是寬慰嗎？許老師自我質疑起來。

●

多年後，「世事一場空」這句話，她的姊姊又再跟她說了一遍。

她按了姊姊家的門鈴，小安來開門，年輕的臉龐，唇邊和耳鬢多了些許悲傷的鬍渣，是個漂亮的男人了，許老師心裡這麼想著，自然又想起了姊夫，小安模樣長得像爸爸，個性倒是像媽媽，大而化之。小安領她進臥室，說媽媽心情尚未振作，拜託阿姨勸一下。小安應該知道她無法勸說什麼的，她是個沒有言語的人，能說什麼好。

姊姊裹著毛毯，斜躺在床上，像生病的人。見了她，先問：「給妳姊夫上香了吧？」她意識到日後到姊姊家，上香成了入門的儀式，她得學會。於是轉往客廳，上了香又再進來。

她坐在床邊，四處張望這失去了男主人顯得空蕩的房間，她的目光落在化妝台上方，姊姊和姊夫合影的結婚照，一個英年壯盛，一個豔美如花，兩人含情互望，眼波如水般透明，整幅照片，好似時間停止於此。忽然，許老師發現姊夫的唇邊，微微掀動，彷彿正說著話，她心裡一陣激動，差點哭了出來，趕緊轉開視線，說：「媽媽滷了豬腳，放在廚房，給妳和小安。」

她原以為姊姊胃口尚未恢復，萬一又讓她提回去，未料姊姊說：「太好了，我好餓。」

姊姊讓她去煮點麵條，她想吃碗豬腳麵，「也給小安煮一碗吧。」這讓許老師稍感寬心，她姊姊想吃東西了。她很想跟姊姊說，是啊，日子還是要過下去。但她沒說出口。事實是，她自己的心情也漂浮不定，如何勸慰姊姊呢。姊姊失去了相愛的先生，她失去的則是記憶帶來的，至今仍未明白的什麼。

煮好麵，她拉開客廳落地窗的窗簾，讓屋內顯得明亮些。從這裡，可以換個方向，俯瞰公園。有一回，她從自家的陽台，遠遠望見公園的另一頭，姊夫正在窗下讀書，距離遠，那身影恍恍惚惚，像一抹黑色的影子。她姊姊日後跟她說：「有時候真的很討厭。」姊姊沒有說出口的是，她討厭姊夫花太多時間讀書，忽略了她。

他們圍坐餐桌吃麵，姊姊說：「妳也吃一點，妳這麼瘦。」許老師便跟著吃了起來。姊姊邊吃，邊說著話。她說：「謝謝妳，最後這段時間幫我分擔照顧。沒有妳，我撐不住。」

在醫院的最後時日，她心疼姊姊，找機會讓姊姊回去睡一會兒。她幫忙照顧，用棉花棒沾開水溫潤病人的嘴唇，幫病人翻身塗抹藥膏，換尿壺，抽痰，有過幾次，姊夫張開了眼睛，怔怔望著她，她趕緊背過身去，深怕姊夫誤解她是姊姊。姊夫住進加護病房，她陪姊姊在家屬休息室過夜，日夜守候。休息室簡陋，堅硬的木板床，吵雜的人聲，但她願意，願意承擔這受苦的意義。午後，醫生急急出來喚她們進去，但姊姊去廁所，她先進去了，望著滿身插管的姊夫，她舉手無措，眼睜睜看著心電圖戛然停止，這時，姊姊衝了進來。

「他交代我，不公祭，不發訃聞，不入塔。火化後，樹葬，也不做法事，他說，怕吵。還叫我放心，說什麼都不做，還是會昇天的。我都聽他的，他是有智慧的人，只有一件事，我在家裡為他安了牌位，總還是要有個家，偶爾回來看看我們。他在天上，會是個快樂的人，無病無痛。愛讀書就讀吧，我不管他了。」姊姊說。

姊姊沉默，低頭啃咬豬蹄，隔了一會兒，抬起頭，說：「妳懂嗎？婚姻生活總有高低起伏，沒生小安以前，我常常感到寂寞，後來有了小安，就好了。妳姊夫讀書時，好像身邊的人全都不存在，可以讀一整晚，讀書這件事，非常自私。但我真的不管他了。他走了，我怎麼樣都得忍受寂寞的。」

許老師曾經聽結了婚的同事提起，討厭先生喝酒，交一堆爛朋友，或是頻繁交際應酬之類的，但她始料未及，姊姊婚姻生活裡的阻礙，是讀書。姊姊說得沒錯，讀書的確是自私的事，她媽媽也跟她抱怨過。

姊姊看了她一眼，笑了笑說：「後來有一次，我開玩笑，跟妳姊夫說，你應該娶我妹妹，反正她不說話。沒想到妳姊夫卻生氣了。」

姊姊說出「反正她不說話」時，許老師感覺臉部與耳後那微微的溫熱感，又冒了出來，悲傷漫溢在她和姊姊之間。

吃飽了，姊姊站起身，隨口說：「媽媽的滷豬腳，忘了放冰糖，有點醬油的死鹹。」又說：「我知道，妳想勸我，日子還是要過下去。我會的。」

姊姊往沙發走去，坐下後，繼續說：「我讓小安整理書櫃的書，這些書，妳姊夫都讀過，他這個人，特別有紀律，讀完一本買一本，每一本都讀過，所以，他這一生也就這麼兩個書櫃，並不多。這一點，我是了解他的。但書留著沒用。我和小安都不愛讀書，看著難過。妳需要的話，自己挑。但你們讀的書不太一樣吧？」

許老師起身來到書櫃前，瀏覽姊夫的藏書。雖然兩家人住得近，但她不常來，她媽媽更少來，她對姊夫讀什麼書，好奇，卻總是偷偷地窺看，從不曾靠近過姊夫的書櫃，好像深怕什麼似的。有時候，她莫名地害怕過於了解姊夫，她了解他，就等同他也了解她。她望著書櫃裡的書，歷史與文明、文化裡的幽黯意識、人類的起源……她忽然明白了姊姊的寂寞，那寂寞裡無法跨越的、抽象的距離感。

她姊姊叮囑她，書櫃靠窗邊，有本平躺的書，「記得帶走，給妳留個紀念。小安在書裡找到一封當年妳寫的信。」

「信是妳寫的，不是我。」許老師說。

「小安也是這麼說，他說，妳看，書裡有媽媽寫給爸爸的信。」

那時候，她和姊夫經常在公車站相遇。就是那一次，姊夫從背包拿出書本，她歪斜身體，靠近了點，想知道姊夫讀些什麼，姊夫發現了，拿著書的手輕輕揮了兩下，她趁機看見了書封以及作者的姓名，她甚至在眼神飄忽之際，讀到了書頁裡印刷工整的字體：「先生之論心性，頗與其論理氣自相矛盾……」這驚鴻一瞥，令她驚駭莫名，她是在師院受的教育，明白那些心性理氣之說，是個博大精深的知識體系，也膚淺地認得這體系裡赫赫之名的巨人身影。她來不及心生崇拜，卻立刻想起替姊姊代筆的那些信箋裡，自己叨叨絮絮著小情小愛，那些虛構不實，那些人生哀嘆，那些男人與女人，她的老毛病瞬間發作，耳根熱燙，對自己失望已極，羞愧已極，恨不得馬上滾下車去。

穿過公園時，她特意在姊姊和姊夫冬天時坐過的椅子，坐了下來。剛剛小安將書遞給她，姊姊在一旁說：「小安說，信裡提到這本書，他問我，這本書到底講什麼？我說，去問妳姨。」

許老師撫摸著書的封面，白色部分已經有點濁黃了，但翻讀過的書，總帶著柔軟的觸感。無論怎麼說，都不該是姊夫讀的書。

她不禁猜測起來，她在信中提起了這本書，合理的解釋是，她的姊夫啊，為此去買了、讀了，這原不該屬於他的書。更為合理的解釋是，姊夫為了親近自己所愛的人，而去讀了她讀過的書。

她的姊夫，將愛人的來信，妥妥貼貼，對摺了又對摺，夾在書頁裡。此刻，許老師將信一層一層地拆開，在姊姊精心挑選，揮散著香水氣息的信紙上，許老師清秀的字跡寫著：

親愛的俊夫：

你都好嗎？

部隊裡有沒有人欺負你？（我老是擔心你人太好被欺負）有沒有好好吃飯？有沒有睡飽覺？

記得到新訓中心看你那一次，距離我們前一次見面，有兩個月了，我看著你明顯變瘦的外貌，原本的斯文俊秀，被操得一副黑黝黝的，心裡真是萬般不捨。雖然我們是在你當兵前才認識的，總覺得上輩子就認識你那麼長的時間了。所以，我對你的擔心好像也是那麼長的時間了啊！所以，你要原諒我這麼愛操煩喔。

快過年了，公司發了年終獎金，少得可憐，沒關係，我還是買了毛線圍肚給你寄去。

天冷出操的時候，記得穿上，別讓我擔心。我沒有虧待自己，你說過的，我是天生下來就該享有幸福的女人，所以，我為自己買了新的洋裝，橫條紋，藍色和紫色相間。過年時我會穿著它去部隊看你，你要說好看喔，不許說不好看喔。

六〇年代末，是什麼樣的時代風景呢？最近讀了一本書，看完後仔細地想了想，這是一部愛情小說，我們在別人的愛情裡，能夠獲得什麼啟示呢？兩個女性與一個被她們深愛的男生渡邊君，猶如走在玫瑰花園裡，他該挑選哪一朵好呢？不，這不是選擇，對年輕的他而言，必須先經過了直子，才能一步步走到綠，我是這麼想的。在兩個女孩的中間，渡邊君如此的靠近死亡，好友死了，戀人死了，他通過死亡記住了他們共同擁有過的時光。如果沒有經過這些，他會以什麼樣的一個人，來到綠的面前呢？

我不得不想著自己的人生，我的親戚朋友中，除了外婆，沒有任何死亡的案例。但是，直子說：「我們全都在某個地方扭曲著，歪斜著……」為什麼世界上有人會扭曲歪斜呢？是什麼原因造成的呢？何以有人活得很好，有人卻不行？我的某個部分也是如此嗎？扭曲與歪斜，啊，不能多說了。

快過年了，期待假期裡見到你。

祝　萬事如意

美如　敬上

許老師讀著信，信的內容已然陌生，陌生感卻刺激了她的情緒。

日落時分，太陽的餘光映照在附近樓房的牆面，公園裡，像往常一樣，一股集合了眾人的吵鬧聲，此起彼落。

她的腦海裡，浮現出無限久遠以前，在牛排店裡跟姊姊吃飯，姊姊告訴她，婚姻是兩個人相伴一生，不應該存在欺騙。她後來告訴姊夫，妹妹代替她寫信這回事。姊姊說：「他沒有生氣，只說，原來如此。」姊姊問她，他說原來如此是什麼意思？於是，許老師皺起了眉，不說話。姊姊猜中她心裡想著什麼，知道她的疑問，便嫣然一笑，說：「愛一個人，誠實而無法抗拒，無法選擇。這是他告訴我的。」

姊姊的話，一如許老師曾經背誦過崇拜過期待過的：「因為我曾經為她澆過水；我曾經將她放入玻璃罩；我曾經用屏風保護她；我曾經在她抱怨或悶不吭聲時，靜靜地聽著她說話；因為她是我的玫瑰。」——是這樣吧？

那以後，代替姊姊寫信的事，好像沒有發生過，她和姊夫，即使成為了親人，彼此間連說話的時候都很少。

現在躺在她手中的，應是許老師代寫的最後一封信。她寫好信，交給姊姊，姊姊讀後吵嚷著：「什麼歪斜啊、扭曲啊，我怎麼可能這樣？刪了刪了。」但她沒有這麼做，姊姊沒有發現。她將自己的某種心緒，暗暗地傳遞給了姊夫，她凌越了代筆者的界線，做了不該做的事。

此際，她感到無法言喻的悲傷，死亡終於來到了她的面前，未來，這死去的人成了她活著的一部分，懊悔也是。她蒙住了臉，不知道哪來的力氣，全無顧忌，放聲哭了起來。

她的世界縮得好小，只剩下哭泣。她哭，不獨是失去了唯一的戀慕，還有、還有……彷彿出生以來蓄積的所有的苦楚，那些身體裡幾乎要壞死掉的部分，扭曲的，歪斜的，都在一聲一聲地為她哭泣。

左邊的天空，被一隻剛好飛過的烏秋，像踢了一腳似的，踢破了個洞。就算此後世界坍塌了，這會兒，她仍要哭，一直哭，不停地哭，地老天荒地哭。

等她想到該回家了，她抬起了頭，前方是她的住家，三樓陽台，有個恍惚的人影，正朝著她張望。

暗路

⊙一個月前

前方開來的公車，穿過傍晚昏暗的天光，停在路邊的街燈下。車門敞開，幸站在車門口，和車門外揚著臉的靜美，四目相視。每個上學日天色落黑之際，母女倆便以這樣淡然的方式，開始她們互相依存的夜晚生活。

她們住在日趨繁鬧的北郊城鎮，山與平地的交界處。從市街底的跨河大橋抬頭遠望，對面的山頭覆蓋滿滿的別墅型樓房，幾乎已無山的綠意。不過，環境的變遷與母女倆的生活無涉，她們活動的範圍很小，就在居住的小公寓延伸到車站這條路線的周邊。

此刻，城鎮最熱鬧的商店街，敞亮的燈光，嘶吼的流行音樂，搖晃的街景，洋溢著夏季夜晚的躁動，服飾店甚至把謝金燕的嗶嗶嗶，音量放大幾至震耳欲聾。

靜美無視這些。她高而瘦的身體微弓，一手挽著盛裝雜物的布袋，木然向前走。

幸卻不然。她緊跟在靜美身後，四周的世界吸引著她，她刻意放緩腳步，四目瀏覽。時而被騎樓下的扭蛋機吸引，時而轉身看一眼診所外面的小鴨子電動搖椅，或是跟隨謝金燕抖動幾下肩膀。腦海裡的靈光不停地閃動，有那麼一瞬間，她腦中跳出一組數字，倒數三十。

從倒數一百天開始，一天裡不定什麼時候，幸就會跟自己喊話，倒數四十五，倒數四十三，倒數三十二……這是距離大學指考的時間。

來到十字路口，她們趁綠燈過街，轉進巷弄，再轉入右邊的菜市場。市場裡空蕩蕩，僅餘幾家小吃攤。幸聞到一股魚肉蔬果經過日光曝曬後殘存的腥臭味，對於埋首苦讀的高中女生，這突兀的氣味，就像剛剛經過的商店街，足以提振疲憊的心神。

她們在一家人客較少的麵攤，停下腳步，買了乾麵、豆乾海帶，充當晚餐，靜美遲疑了一下，再多點了兩顆滷蛋，又低聲問：「還想吃什麼？黑白切？」幸搖了搖頭。

住家在市場後面的巷弄內。巷弄彎彎繞繞，布滿屋齡四十年以上的老舊公寓，天黑後，這裡成為一幅密密麻麻的羅網，掉進去就出不來似的。上高中以後，幸的身體抽長，成為高眺的少女。靜美不放心，堅持到車站等候，陪她走這段暗路回家。

三年前幸考上附近的公立高中，她們搬到這裡。幸的印象中，靜美有項特殊的癖好，她喜歡搬家，一年、兩年，便換個新的家。家裡僅有簡單的家具，廉價的沙發椅、茶几、塑膠衣櫥、碗盤、電動充氣床墊，電視則是用了十餘年二十吋大屁股的二手老舊款。

出門時，靜美習慣保留一盞亮著的燈，回到家循著光線，一一按下每間屋子的電燈開關，室內頓時明亮。她又催促幸去洗手，她自己也洗。家裡使用已少有人用的美琪藥皂，消毒殺菌，徹底洗淨。有個莫名潔癖的媽媽，是幸難言的苦惱。

吃飯洗澡，幸讀書，靜美做家事，這是母女倆日復一日的夜晚。

剛上高中時，考試沒那麼頻繁，飯後，她們並肩看一會兒電視劇。靜美通常沉默，靜靜聆聽幸說話。有一回，幸斜靠靜美的肩頭，撒嬌地問：「宋慧喬很漂亮吧？」靜美回答：「不，不漂亮。」靜美的冷淡，以及靠著她時僵直的身體，常常令幸緊張，不知如何拉近母女間的距離。不僅是宋慧喬，替換成其他女明星的名字，靜美的回答依舊會是，不漂亮。幸這麼想。

因為即將到來的大學指考，幸不看電視了。回家路上，她告訴靜美：「一整天都在寫考卷，一直寫，累死了。」靜美回答：「那也沒辦法啊。」也只是這樣，母女倆沒有更多的交談了。

幸是想凝神專注，盡可能不開口說話。進入倒數五十天時，麻吉們說起認識的重南小綠綠，她們刻意減少說話，繃緊神經，讓身體維持戰鬥的狀態，於是決定效顰。但這未必是好主意，靜默時幸的大腦飛快地旋轉，結果變成跟自己說話。

沉靜的小公寓裡，此時，電話鈴聲響起。「一定是阿嬤打來的。」幸心想。

幸小的時候，靜美的媽媽與她們同住，幸是外婆照養大的。後來外婆搬往靜美弟弟家，幫忙看顧接連出生的孫子孫女。外婆搬離之日，幸嚎啕大哭，翻胃，吐了一地。她蹲在地上收拾一地泥濘，開始學習照顧自己。此後，家裡的電話大多是外婆打來的，靜美靠接翻譯社的案子維生，翻譯社同事習慣以電子信箱聯繫。

她們正在吃飯，幸剛在乾麵裡加了一勺辣椒醬，靜美叮囑她：「不要吃那麼多辣椒，傷胃。」一面起身去接電話：「喂，怎樣？」接著便是一陣沉默。

幸轉頭去看靜美，想知道外婆在電話裡說了些什麼，何以靜美刻意斜側著身體不發一語？因為側身的角度，幸無法分辨靜美的臉部表情，從幸坐著的位置望過去，靜美眉毛挑動了幾下，嘴唇微張，隨即闔上。

靜美回到座位，幸問：「阿嬤喔？」靜美低聲回答：「嗯，是。」靜美沒有提及電話的內容。

她們繼續吃飯。靜美問幸要不要再煮碗貢丸湯，冰箱裡有現成的，幸回說：「好啊。」幸的確想吃點油滋滋的東西。這陣子她的口腹慾望飄忽不定，有時排斥肉類的油膩，有時葷食的需求感又分外強烈。

自從寒假舉行的學測考壞了，沒能申請到較好的學校，只能靠七月的指考分發，麻吉們為此懊惱，自責，抱怨，吱吱喳喳，其中有人說，我們上補習班，拚重考吧。女孩們想著到了補習班，又可以日日混在一起，不必各奔東西，都同聲叫好，幸也跟著麻吉們起鬨。

其實，麻吉們只是一時宣洩情緒，並不真想延長考試的折磨，尤其是幸，不可能再拖延一年。她想要快一點長大，展翅高飛，脫離現在的生活。

靜美煮了貢丸湯，她端起湯碗喝湯，發出淺淺的呼呼呼的聲音，從聲音就知道，靜美是個拘謹的人。放下湯碗時，她想起了什麼，問考試是幾號？幸蹙眉，回說：「跟妳說過一百遍了，七月一號，今天是倒數三十天。」

「喔，我忘了。」靜美放下湯碗，以悠悠的細聲，彷彿自言自語。

竟然忘記了。靜美再次證明自己的某一部分，屬於記憶的某個地方，已被蟲蟻蛀空。

飯後，靜美埋首家務。家事繁瑣，床單枕頭套之類，一、二日便得清理換洗；房間門把和家具，需用漂白水勤擦拭；每日拖洗地板；浴室的浴簾下襬需要刷洗；兼餐桌之用的茶几，油漬點點，非得用清潔劑去汙；忙碌一陣，靜美停下手中的拖把，回頭張望屋外陽台翻攪滾動嘎嘎作響的洗衣機，失神的瞬間，彷彿浸沐在短暫的靜謐，忘掉了一切。

她很快便醒轉過來，並感到忙碌過後腳底一陣沁涼。她開始煩惱，她媽媽電話裡提及的事情，當時她輕聲地對媽媽說：「判成這樣了，還有必要嗎？」

和幸一樣，靜美的心裡，也有一股時間的催迫感。

八點過後，老舊公寓的某戶人家開始練習薩克斯風，吹奏的是〈港都夜雨〉、〈黃昏的故鄉〉、〈快樂的出航〉等老派台語歌曲。

數月前，鄰居開始練習吹奏，起先像是從鏽蝕的機器裡發出斷續的哀鳴，隨著日日不間斷的練習，低沉的樂音開始有了落魄浪子港灣流連的況味。

但靜美卻日益苦惱，猶豫著是否該去敲門請託，請求暫時停止，以免干擾幸讀書。她平日不與鄰居往來，這項唐突的要求委實難以啟齒。

與鄰居在巷弄裡擦肩而過時，靜美時常感到身旁一雙雙游移的眼神，對著她探測。某日，偶爾光顧的早餐店，老闆娘跟她道聲早安，隨即好奇問：「女兒沒來？她是大美女喔。」靜美像遭遇突襲，野貓似的背脊聳起，匆匆轉身離去。類似的事情讓她相信，這巷子裡不只一雙眼睛監視著她。

靜美終究沒膽量跟鄰居交涉。猶豫了幾日，她推開幸的房門，沮喪地說：「我們還是忍耐吧，把窗戶關起來。」幸被她突如其來的推門動作嚇了一跳，以為靜美進來查看她是否專心讀書。

緊閉窗戶無法隔絕聲音的波動，耳朵自動豎起，樂音穿入內耳，幸不知不覺便隨音樂而去。反覆吹奏的歌曲中，幸對〈黃昏的故鄉〉熟悉，學校音樂課曾經教過。蓄著大鬍子的音樂老師，以顫抖的嗓音搖頭晃腦唱著：叫著我，叫著我，黃昏的故鄉不時叫著我……滄桑的曲調如今在斗室的窗邊流轉，幸靜靜聽著，陷入淡淡的感傷，即將惜別夢幻般的高中生涯，日後那叫著我的，將會是怎樣的青春歲月的殘痕呢？

幸漸漸把薩克斯風來襲的時間，視為中場休息，她放下書本，暫時停頓，潛入胡思亂想的意識狀態。

胡思亂想時，無論心思飄到遙遠的何處，最後總會回到一個重要的自我質問，選填志願時，該怎麼辦？

靜美曾經說過：「讀附近那間大學吧，離家近，以後不搬家了。」當時幸不耐煩地頂撞了她：「那要看考不考得上，不是想讀就可以讀的。」

或許，靜美是希望幸考上國立大學，學費負擔輕鬆些。幸曾經賭氣地心想，那要講清楚啊，我可以多努力一點，我也不希望增加妳的負擔，考高中時不就努力拚上公立的嗎？

生活在一起的人，很多時候，反而無法說清楚彼此的心意。幸提早有了對人生的無奈感嘆。

幸讀書很難維持長時間的專注，讀累了，放下書本，想一會兒事情，或是靜靜聽著房門外她的聲音。她的聲音，無非是操持家務，看連續劇，練功，或是翻查字典時紙頁摩擦發出嘶嘶嘶這些日日重複的聲響。

這個家，被寂寞掩蓋。不過，夏天的蟬開始唱歌了。幸聽見混雜在薩克斯風中的蟬鳴，好像一個月前蟬就開始鳴唱了。郊區的夏天，求偶中的雄蟬經常奮力鳴叫至深夜。於是，簡約的家，有了薩克斯風，有了蟬鳴，這些多出來的聲音。

準時十一點，靜美滑動拖鞋的聲響，由遠而近，到了幸的房門口。靜美轉動門把，探頭進來，問：「要睡了嗎？記得關窗戶。」

幸拉長了聲音回答：「好啦——。」這是她們的夜晚生活，結束的時刻。

⊙倒數21天

十三年前。多年未見的兩人約了見面，因為緊張，剛開始都低垂著臉，避免正面看視對方。非假日的午休時間，咖啡店冷清，他們占了個好位置，臨靠落地窗，靜美可以隨時挪移目光，面朝窗外，在深赭色的窗框裡，張望街邊往來的人與車，這樣多少遮掩了無語的焦慮。

見面第一句話怎麼起頭的，靜美不記得了。靜美記得的是，他讚美了她的穿著，他說：「妳穿衣服的品味，還是這麼好。」

那日她穿白底淺藍碎花的洋裝，洋裝是他們剛交往逛街時他挑選的。當時靜美舉棋不定，白色好呢，還是淡黃？他幫靜美選了白色，說白色百搭，任何顏色的外套鞋子都能搭配。靜美笑笑說：「喔，你是實用派。」他不置可否，男人對很多事情都是實用派。如果實用的意思等於斤斤計較呢？他心裡滑過一絲憂慮，不希望給剛交往的女孩留下這樣的印象，他喜歡這個女孩，聰明漂亮不忸怩。日後他們的感情與日俱增，成為正式的情侶，他跟靜美表白了當日心頭一閃即逝的擔憂。

洋裝後背的領口處，有個橢圓形鏤空的時尚設計，靜美出門前特地用別針夾住。什麼時候開始，她不容許自己有任何空隙，讓人聯想到她的身體。幸好他們面對面而坐，他看不到她背後這個小地方流露的謹慎——或是，未癒的傷口。

靜美其實是故意試探，穿了跟兩人相關聯的衣服，考驗他是否記得。他當然是忘記了，男人不會在衣服這種小事耗費力氣。不過，說完妳穿衣服的品味還是這麼好，說不定他就想起來了。就算忘記也沒關係，他們之間的所有事情，全部忘記了最好。他們之間還剩下什麼嗎？日升月落，她的世界已徹底改變。說起來，靜美的內心終究未能平靜，傷痛如滴水在石牆縫隙裡竄流。

他問起幸：「小孩好嗎？」靜美逃避似的把頭撇向窗外，她不想談。咖啡店對面裝修得古色古香像間茶藝館的房子，其實是間美容院，隔著距離看，洗頭烘吹挪移加熱器，成了無聲的慢動作。靜美為此分心了一會兒，回頭聽見他又問：「幼稚園大班了？」

不是說好了，從此不干你的事。

兩天前靜美答應出來見面，她提醒自己，要控制好情緒，不希望又再暴衝式的哭鬧。知易行難，她感覺胸口開始悶悶地刺痛。

喝完最後一口咖啡，眼前的男人深呼一口氣，開始解釋約她出來的目的，他說：「下個月，我要結婚了。」他刻意壓低聲音，靜美猜想他是小心翼翼，深怕說錯話，惹她情緒激動。他們哭哭鬧鬧過了一整年，終於走不下去。他吞吐說完結婚的事，抬起頭，露出一抹苦笑，說：「六年了吧，應該要放下了。」

他說得極是，最好是放下，忘了個乾淨。但靜美心裡有另一股聲音，放下什麼呢？不就把你放了嗎？靜美再度望向窗外，感覺著自己胸口鼓脹，快要爆裂開來。

分手後，他們僅有的關係是，每月初靜美打開郵局存簿，裡面有一筆孩子的養育費，就這樣。

因為即將邁入婚姻，男人怯怯地問靜美：「可以減少一點嗎？」然後神情緊張，重複說著，放下吧，放下一切，放過自己。靜美冷眼看著男人慌亂的舉措，不再是往昔淡定沉穩的都會男風采，她心裡一陣難受，點點頭，答應了。

返家時，她媽媽抱著幸逗弄玩耍，小女孩咯咯的笑聲在客廳裡迴盪，靜美脫了鞋，胸口壓迫著一股鬱氣，她拾起鞋子，朝面前的牆壁狠狠扔過去。咚地一聲，鞋子落在地上，她媽媽和幸都受到驚擾，回過頭來，怔怔地望著她。

十三年前的那一日，靜美賭氣地跟自己發誓，將兩人最後的見面，視為記憶的終點，為自己的遭遇畫下一道邊界。她從此沒再做出扔鞋子這種激烈失態的事。無數個難眠的夜晚，意念如洶洶潮水，腦海裡占滿他扭曲變形的影子，她躺在沁涼的床上，想像著他的人生變化，結婚生子，穩定的生活，美麗能幹的另一半。想著他的時候，靜美的胸口總會泛起微微的刺痛感，她倔拗地勿寧相信，這是遺忘的過程。

今晚，準備進廚房洗碗時，他打了電話來。她媽媽找上他，老人家哭著懇求他幫幫靜美。

幾個月前，靜美媽媽來電，說是接獲地檢署通知，警察抓到一名偷竊犯，比對檔案，發現指紋跟十九年前破窗而入的那人相似。或許是太過震驚，靜美初聽到時，表現得矜持冷靜，僅以淡然的口吻說：「知道了。」等書記官來電，解釋案子發生時可依據的法律已經修改，新舊交替，提醒靜美務必出庭作證，以維護自己的權益。靜美不懂新法舊法有什麼差別，她心裡想的是，這麼一來，就必須重啟不堪回首的記憶。

她媽媽三不五時來電催促，哭哭啼啼，要她振作起來。她懨懨不理睬，逼急了便抗拒地說：「警察局有我的筆錄，要我說幾次才夠。」她刻意壓抑情緒，維持著拒絕的姿態。

但沒有用。

封閉的記憶開始有了縫隙，過去的事滲入腦際。起初是早晨醒來，腦海裡冒出模糊的影像，她搖搖頭，用力甩開去。不久，便是塊狀的記憶洶洶來襲。好幾次，她想起了十三年前與他的那場會面。

才在心裡冒出來的人，隨即在電話那端真實地出現，靜美心裡有些激動。電話裡，他的聲音顯得生疏，刻意保持著禮貌的距離。

他說：「聽媽媽說，檢察官上訴了，月底開庭，妳還是堅持不出庭嗎？這樣不行喔，還是配合一下吧，我們要讓壞人得到報應。」

靜美留意到他使用了我們，還直呼媽媽，似乎舊習慣植入了身體裡，改不掉，她嘴角一撇，在他看不見的電話一端，冷冷一笑，懷疑這些字詞，早已不具意義。

上個月，法院的判決書寄到靜美弟弟家，一審法官以性侵未遂論罪，但追訴期已超過，只得判決免訴。免訴的意思是，明明知道你犯罪，但處罰不到你，一切像似從未發生過。

免訴的判決，給了靜美更強烈的抗拒意志，她沒有可相信的了。電話那頭，男人以加重的語氣提醒靜美：「妳的證詞很重要，要靠妳還原案子的真實性，事情不是一審法官認定的那樣。」

男人這麼說時，靜美一臉茫然，不知該把情緒放置在什麼位置，憤怒嗎？十九年前發生的惡事終於得以伸張，法律卻已不站在自己這一邊了。她無奈地回答：「隨便吧，還能怎麼辦呢。」

她的態度始終是抗拒。腦中唯一清醒的意識是，這事不能讓幸知道。十九年來，靠著不能讓幸知道這個堅強無比的意志，她早已不指望司法了。她漸漸遺忘了很多事情，腦袋經常瞬間空無一物，比如忘記了大學指考的日期。

她掛了電話，走進廚房，清洗碗盤，剛剛用過的湯鍋，以鋼刷來回刷洗，用力地刷，好讓手臂肌肉產生脹痛感。

無論如何，不能讓幸發現任何蛛絲馬跡。靜美提醒自己，這是她的底線，沒有可以退讓的了。

準時十一點，她推開幸的房門，提高音量向著房內喊：「幸，上床睡覺，記得關窗戶。」

睡前靜美上廁所，從半開的窗戶，望見夜空懸掛著弦月，紗窗上覆蓋了薄薄一層淡金的月色。她無意識地，伸手把窗戶給砰然關上。

吃過藥後，靜美躺在床上，等待睡意到來。等待時，腦海裡模糊冒出曾經在書本裡讀過的內容。以前的靜美喜歡讀書，讀各式各樣的書，在某本旅行家寫的書中，有段關於月亮的描述，一名旅人，從英國前往里斯本的航程中，站在星空閃亮的甲板上，仰頭，沉思，他讚嘆地自言自語，最適合欣賞月光的地方，就是這無邊無際的海上啊。在安詳寧靜的夜晚，海上的月亮是浪漫無瑕的銀白色。

銀白色啊？究竟是哪本書、哪個旅行家這麼說的呢？想不起來了。她曾經要求未婚夫有朝一日帶她去看銀白色的月亮，那是戀愛中的女人撒嬌的姿態，也是讀書的女人的姿態。

現在靜美不讀書了，她不再需要什麼姿態。

夜裡，她做了夢，黝暗的屋子裡，刺眼的銀白色月光鋪滿整扇窗，窗外是靛藍與黑交混的海面，海浪發出低沉的鼾息聲，節奏規律，平靜而遼遠。她躺在床上，翻來覆去，忽然，窗戶無端地敞開，冷風呼號，她肚子裡冒出一股強大的撞擊力，一波、一波，由下而上，拚命地往她身體裡面擠壓，她呼吸窘迫，快喘不過氣，緊接著，嬰兒尖銳的哭啼聲，驚醒了她。

又做夢了，靜美知道這是怎麼一回事。事發後他們看過醫生，知道身體遭受暴力傷害的人，必然經歷各種的心理轉折。即使過了十九年，她仍舊討厭這樣的自己，討厭從噩夢中醒來整個身體發癢般的髒汙感。

她再次想起了他。奉靜美媽媽的請託打電話來時，靜美倔強地、反覆地說：「不要，我不要……陳幸在考大學，不可以……這是我的事……」她想起很久以前，他們之間發生的不堪回首的爭吵，夜，深邃得叫人難耐。但是，她想念著他，想像著孤身的自己，漂浮在銀白色月亮照耀的海面……

⊙倒數15天

手機鬧鐘準時在下午三點響了，靜美停下手邊的工作，移步到陽台，抬頭張望。難熬的六月，梅雨季來晚了，接著又是濕熱的西南氣流。過了中旬，幾乎每隔一兩天，午後便是雷雨交加。此際，雨停了，烏雲占據的天空，透出一絲微弱的天光，這雨，應不會再下了。她換上練功的衣服，到附近的市民公園，去上一堂名叫太極導引的功夫課，順道辦些生活瑣事。如果繼續下雨，光是猶豫應否出門，她的心便很難安靜下來。

兩年前，靜美路過市民公園，一群中年男女正在活動中心的廣場練功。她遇見過好幾回了，通常視而不見的，她近乎遲鈍的身心靈，早已對肢體律動無感。她總是刻意繞開廣場，從外圍一長排的欒樹下通過，這樣就可以避免打擾人家練功。忽然，身旁傳來一陣平緩的低音，夢囈般地說著：「當你的身心放鬆，完全投入之後，彷彿進入了深層的睡眠……」

帶領的老師張開了他的雙臂，有如一隻浮在海面的鯨豚，他身體微傾，右手由下方伸出，平滑地往前伸長，好似滑過水面，撩起浪花，最後兩手一前一後，在胸前畫出半圓的弧形，鯨豚拍打尾鰭自水面一躍浮出。

靜美被眼下的情景吸引住了。尤其那有如催眠般的喃喃囈語：彷彿進入了深層的睡眠……於是，她停下來觀看。

之後，關於睡眠的說法，便在她心中迴繞，她開始疑問，世上真有一種運動可以帶著你入眠？她遲疑了幾天，決定去活動中心報名，又買了寬大的功夫褲和平底功夫布鞋，開始上課。練過幾次以後，她漸漸放心，在陌生的團體裡，沒有人問她的過去，或嫌棄她笨拙的動作。

那老師清癯的臉龐，爬著幾絲風霜的溝紋。他慣例神情凜凜，喊一聲：「上課。」凌厲的雙眼左右逡巡，然後甩動額前的一綹頭髮，凝神定氣，提醒學員，調身、調息、調心。

靜美漸漸喜歡上他剛柔並濟、宛若巧施魔法的口令：兩腿分立，與肩同寬，雙手前舉，掌心向下……

一段時間後，她已能做出老師要求的動作，尤其學會落胯這個基本功後，身體好似打通了一條隧道，自此任意通往其他部位。靜美又花了些時間，死背強記站樁的口訣。練功並不容易，她停滯已久的身體，像橫陳道路中央的路障，不斷阻礙著她，但初接觸這門功夫時對於睡眠的渴望，依舊推動著她來到廣場。

她並不專注，手與腦從不和諧，但身體卻能配合團體一致。沒有人注意到她腦海中漂浮著各種意念，連老師也看不出來。她唯一的困擾是，當老師經過她身旁，出其不意糾正她的姿勢，她像受到驚嚇，全身驀然抽動。

最近，她養成閉目練功的習慣，在緩慢開展的動作中，看似沉沉睡去，又像是醒著，沒有夢。有一回，她眼前出現森林的畫面，筆直的人造樹林，密密麻麻，遮蔽了天空，地面叢生著潮濕的蕨類和無名的灌木，她在林子裡艱難行走，心裡漸漸萌生一股掙扎，想走出這雲霧氤氳的樹林，但做不到，一切都只是冥想，而冥想並非隨心所欲。但她開始流汗了，閉著眼睛做動作時，汗水沿著耳際流下，她想起住在頂樓加蓋的小屋裡的時日，某個冬季的夜晚，冷雨霏霏，窗邊滴答滴答的雨滴聲，像恐怖電影的配樂，驚心動魄。

練功結束。靜美擦去臉頰的汗水，換下功夫鞋，學員紛紛散去之際，那老師繼續他的練功，兀自沉入翻跌、倒立、纏轉的高難度動作。

她沿著熟悉的路徑，前往市民公園另一頭的藥局。坐鎮櫃檯的藥劑師女兒向她點頭招呼，隨即對著後方的門扉喊著，「爸，拿藥喔。」藥劑師微笑著出來，趁店裡沒有其他客人，將夾鏈袋包裹的史蒂諾斯，交給了靜美。

靜美深受失眠之苦。屬於靜美的夜晚，像等在漫漫長廊的另一頭，只能等著，穿不過去。有時候她甚至迷糊了，究竟等待什麼呢，等睡眠到來，或是等黑夜過去？

有一陣子，靜美停藥了。她嘗試停藥過許多次，有一回，幾乎成功，躺在床上一兩個小時內睡著，便算是成功了。最近，她又開始服藥，她痛恨的記憶回來了，記憶是她的痛苦之源。

她取了藥，轉往附近的超市，買了馬桶清潔劑、漂白水、美琪藥皂、洗衣粉等等，又轉到旁邊巷弄，巷內有家上海麵店，她買了雪裡紅炒年糕和幾樣小菜，心想，給幸換個口味，總不能老是乾麵配滷蛋豆乾海帶。然後，她朝公車站牌走去。

等幸歸來的這段空檔時間，她腦中冒出無數個疑問。譬如隱隱感覺自己已能接受現在的生活，翻譯，練功，等幸下課返家，像個正常人，不再格格不入了。都這麼努力了，不是嗎？

回家的路上，靜美發現幸的衣服黏貼著身體，像淋過雨。她問：「怎麼了？」幸迴避，不回答。雨後濕氣瀰漫的傍晚，空氣裡散發著淡淡的霉味。她們一如往常，一前一後，向著家的方向走。

夜晚的生活依舊，母女一起吃飯，接著幸洗澡、讀書。今晚靜美顯得焦躁，隔一會兒，便去敲門問幸，還好嗎，要不要吃顆普拿疼？

下午的一場暴雨，幸刻意跑到操場，淋了一身舒爽。或許真的是感冒了，右臉頰靠太陽穴的地方，開始鼓脹發熱。倒數第十五天的時刻，她為自己的任性感到後悔。

幸讀的高中，位於矮丘上，下雨時，遠山迷濛，教室被雨霧包圍，室內則靜寂無聲。幸從敞開的窗戶眺望操場，雨水狂恣地落下，隨即在地面幻化成晶瑩透亮的雨珠，彈跳著具有透明感的舞姿。她腦中忽然興起一個念頭，好想成為那樣的雨珠或舞者。

她走出教室，下樓，越過穿堂，步入操場，旁若無人地跑了起來。雨水落在她身上，很快地，浸濕的制服黏貼著身體，頭髮黏貼著臉頰。她跑過司令台，聽見雨水打在屋頂嗆咚嗆咚的聲音，類似規律地打鼓。她抬頭望向天空，積雨雲像頭大型蘑菇籠罩著，這時，一滴雨水咚地，掉落在她的眼睫毛上，搔著癢。

二樓的走廊開始出現為幸加油的人，越聚越多，都是即將趕赴考場的高三生。其中一人，擠在人堆裡，幸看見了他，但幸已下定決心忘掉他了。跑完一圈，準備再跑一圈，經過教室大樓時，她舉起手，朝著二樓比畫出勝利的V字型手勢，接著空氣中便鼓盪著尖利的歡呼聲。她英雄般地笑了，加速的步伐隨即將鼓譟的人群拋往身後。

跑道蓄積了一層雨水，幸的運動鞋內開始濕滑冒起水泡，她喜歡這樣，腳掌擠壓著雨水，感覺踩踏的每一步都更有力量。

再度跑過司令台時，幸想起國中時發生的一樁小事。因為忘記收拾清掃用具，導師讓她在司令台前罰站。靜美知道後打電話給導師，她不知為何討厭起靜美，抗拒靜美插手她的事情，「不要管我的事啦。」當時她對著靜美怒吼。國中以後，她和靜美形成一種拉鋸，時好時壞。靜美說，這是青春期，意思是所有的問題，都是幸自己造成的。

靜美跟同學們的媽媽很不一樣，幸說不出來哪裡不一樣，靜美愛她，認真地照顧她，但她們之間隔著一層難以跨越的距離。搬到現在住的地方後，她們不再起爭執，這個家，進入平靜卻淡淡寂寞的狀態。

身體開始疲累，兩腿痠軟，一圈，兩圈，幸放緩了腳步。她的麻吉們站在一樓穿堂，為她準備了乾淨的毛巾擦身，迎接她勝利歸來。她經過她們，感到身體的勞累化作一股來自土壤的腥味。

前些時，電話裡的男人，對著她說：「靜美，是我。」幸先是一驚，繼之膽怯地丟下一句：「請等一下。」便倉皇躲開。那彷彿從胸腔發出的渾厚嗓音，說著跟靜美相熟的話，靜美，是我，確實引起了幸的好奇。印象裡，靜美沒有親近到可以直呼名字的異性朋友。此後的靜美，像躲著她似的，越來越神祕。

幸也躲避著靜美。靜美常常毫無聲響地打開她的房門，然後說些不甚重要的事情。她猜測靜美是刻意的，想知道她在做什麼。靜美不著痕跡地控制著她，讓她在親密關係中，陷入反覆的迷惘。

或許是腦內的興奮作用，跑步時，幸能夠堅定地跟自己說話，好似埋在心底的慾望大噴發，無所迴避閃躲。她再一次思考了自己的未來。

三年前，母女倆在盛夏季節搬入這裡的公寓，嘶嘶嘶——，日夜不息的蟬鳴，令靜美忐忑難安。靜美歇斯底里起來，像要自己的命，一個人在客廳裡踱步，拖鞋摩擦地板的聲音，急切而焦躁。口中則喃喃自語：「這裡有工廠？是鐵工廠？到處都是噪音。」

放假日，幸帶靜美上山，家門前的巷弄通到底，是一條緩坡，通往幾座小山。她們沿緩坡前進，進入平坦的山徑，兩旁是雜樹林，潮濕的泥地被姑婆芋、腎蕨等矮叢覆蓋，幾棵油桐過了開花季節，白色花瓣落在低窪的泥濘池塘。嘶嘶嘶——，幸抬頭張望，分不清楚這聲音從左邊還是右邊包抄過來，整座樹林彷彿被嘶嘶嘶的聲音緊覆。

走遠了，眼前是一彎自高坡傾洩而下的溪溝，被樹林遮蔽，形成一處彎道。嘶嘶嘶的聲音逐漸清晰，那是一個專屬於蟬的世界，從土壤裡竄出的蟬，在這裡完成牠們羽化、交配、產卵、死亡，短暫的一生。此刻，溪溝的一角，高聳的相思樹幹上，攀附著一顆顆雄蟬褪下的空殼。

幸回過頭來，對著不遠處的靜美說：「這裡都是蟬！」

說完，她腦海裡閃過一絲念頭，覺得靜美其實是個傻呼呼的人，竟然把蟬鳴當成工廠焊鐵，平白操心了多日。那股傻氣，是等著讓人疼惜的吧？

她們隔著一小段距離，相視而笑，是彼此間敞開心胸的笑，靜美是笑自己笨拙，幸是喜歡靜美笑起來眼梢微翹形成一潭深水的樣子，外婆說得沒錯，靜美是個美人。靜美永遠板著臉孔，難得一笑時，幸會萌生一種錯覺，啊，她的笑容長成這樣。

就是那次回家以後，靜美對幸說，讀附近那間大學吧，以後不搬家了。不久，靜美參加住家附近的太極導引班，開始養生練功。幸心想，靜美或許想要安定下來了。

但幸卻下定決心離開家，到台中或高雄或任何離家遠一點的地方讀大學，她認為這樣對自己對靜美，都好，能夠讓兩人的關係鬆弛，很多不明白的事情，在拉開的距離裡，或許就都懂了。

淋了雨的身體微微發著寒顫，沒關係，睡覺時薄被蓋緊一點，就沒事了。照例，靜美滑動拖鞋的聲音靠近了，她推開幸的房門，扶著門把說：「累了吧，早點睡。」幸心想，看吧，又來了。

⊙倒數9天

午後，靜美先去了弟弟的公司，再搭公車轉捷運，在中正紀念堂站下車，穿過南海路，到植物園附近的翻譯社開會。一路上，她心事重重，想著月底的開庭，又想著幸考大學的事。有很短的像是穿插進來的空檔，她想起很久以前，在離這裡不遠的地方，和他度過的，甜蜜與苦痛參半的時光。

假日裡，他一個人在公寓頂樓噴菸，抬頭仰望，跟在天空翱翔的未婚妻，道聲早安、午安、晚安。他曾經搖頭苦笑，對靜美說：「妳是會飛的女人，我要抓緊一點。」

訂婚後他們約好存夠錢再買房，於是租了老舊公寓頂樓加蓋的套房，住在一起。有了自己的窩，等待就不那麼難以忍受，因為知道彼此會回到自己的身邊。

冬天最冷的季節，窗外露出一絲曙光，靜美為她的男人煎一顆荷包蛋，他凡事不令人操心，唯獨煎不好荷包蛋。她刻意煎得半熟，等他起床微波加熱著吃。

接著，她開始梳洗，妝點面容，將長髮挽成一絲不苟的髮髻，穿戴合身的制服。為免冬寒，她多加一條淺灰色圍脖。在東京受訓時，上課下課、考試、緊急疏散訓練、逛超市，生活緊繃卻樣樣新鮮。她和同梯結伴到高島屋百貨，買了禦寒的兔毛圍脖，質地柔軟細緻，但貴參參。女孩們卻成群嘻笑，懷著對即將到來的飛行生活懵懂的期待，大方添購了許多物品。於是有陣子，女孩們頸間圍著不同顏色的圍脖，直挺身軀，拖著行李箱趕赴早去晚歸的血汗航班。

人們常說，人生無常，靜美不屑這四個字。她的人生沒有預告，轟然坍塌，人生僅僅只是無常而已嗎，是否還有更接近真相的殘酷？

她走進植物園，沿著博物館的高牆，往荷花池的方向走。乾燥的夏季，像遭遇火噬，荷花池內生息奄奄，焦枯的葉片蜷曲著。旁邊休息區的樹蔭下，則是幾輛輪椅並排坐著老弱呆滯的病人，外籍看護則環圍在輪椅四周。

池畔的岔口，通往幾條林蔭小徑。左邊的小徑，通往和平西路，是到翻譯社最近的路。此時，前方有個男人的身影，遠遠朝著她飄移過來。原本被樹叢掩映的黑色影子，逐漸曝曬在陽光下，靜美不由得臉孔發熱。那人比十多年前見過面的他，胖了許多，尤其是肚子，圓鼓鼓凸出來……靜美想像著，現時的他，也就是這個模樣了吧，跟所有在歲月中衰敗的男人一樣。

她自己也不堪時間的消耗了。幾天前，洗完澡換穿衣服時，她低頭，看著內衣邊緣露出被擠壓的、鬆弛的乳房，那是被傷害而快速腐壞的身體。

每個月有一天，靜美到翻譯社開會。她換過幾份工作，都無法持久，每當她隱隱感覺自己的祕密將要曝光，她就逃，最後是翻譯社接納了她。在這裡，沒有人問她的過去，翻找她的資料。其實，可以從大馬路過去的，但靜美習慣穿過植物園，在快到和平西路的出口前，進入棕櫚區繞一圈，這個面積很小的園區，林立著高大的棕櫚科樹木，地面則布滿姑婆芋，她沿著環形小徑走，有一次，在撥開錦屏藤垂落如一匹紅髮的氣根時，她想起了撥雲見日這句成語，竟不自覺地苦苦一笑。

有段時日，他以專業者的熱情，為她解釋園內各個科屬種的植物。靠博物館那頭，還有座不太引人注意的文學植物園區，以往他們特別喜歡在那一小方花圃裡散步，尋索分辨穿越古典時空存活下來的植物，一面聽他解釋庭園造景藝術，這是他的職業。

算一算，順利的話，他的小孩應該十歲出頭了。幸福嗎？他是可以給女人幸福的男人。忠厚、斯文，像泥土一般可靠。有一點兒怯懦，但剛剛好，怯懦容易猶豫不決，也容易執著。到頭來，每個人的人生關卡都差不多。都是這樣，結婚生子、照顧年邁雙親，接著自己就變老了。

十餘年前的那一回見面，他們之間有段剖心的談話。靜美問他：「她，知道我們的事嗎？」當時，他側著臉陷入沉思，似乎是想著他們現下的關係，能夠表白到什麼程度。結婚前，他據實說了，說了一半，略去了幸。美麗與幹練兼具的未來妻子，沉默片刻，露出令人生畏的微笑，對他說：「你有把柄在我手上了。」他問靜美，女人這樣說，究竟是什麼意思？

靜美是被痛苦綁縛的人，她不懂，即將邁入幸福禮堂的女人，需要掌握什麼把柄？

大多時候，女人與女人之間，並不互相了解。靜美也不需要了解其他的女人，她眼裡看見的是他——他是個無辜的受害者，靜美當時這麼想。

那段嘶吼哭鬧的日子，他們彼此傷害。有一天，他說：「好，我答應妳。」身為男人，「怎麼說都不應該丟下妳，這是我犯下的罪過，罪過不等同罪行，但有時候，我分不清楚自己犯下的是哪一個。」他說。

剛剛，在弟弟的公司裡，弟弟請來他的律師朋友，年輕的律師在白板上畫出各種判決的可能路徑。她輕快懇切又堅定的聲音，的確讓靜美產生了些許信賴。但新法和舊法、刑期和追訴期，困難的法律語言阻礙著她，當她聽見律師講述二審法官如果推翻了一審，極可能選擇對被告較為有利的舊法判刑，她直起了身體，彷彿夢中醒來，無法置信。「一般人可能無法理解，但法律就是這個樣子。」律師說。

「總之，就算刑期較短，這次一定要告到他坐牢。」一旁的靜美弟弟，咬著牙說。

他們的談話，盡量迴避著一個殘忍的關鍵：如何證明進去了？一審法官說驗傷報告無法證明，那麼，需要靜美再親口說一遍嗎？她和身邊的每個人一樣，也想迴避。因為想要迴避，令靜美陷入痛苦，但她終究來到了一個邊際，獨自一人，站在懸崖的高處。

於是，她想和他再次見面。她想見他。

見到他說些什麼呢，告訴他，我沒有人可以商量？這話，幾乎是寂寞到達頂點的哀嚎求救了。昨晚，她顫抖著拿起電話，電話響起，便開始懊悔，倉皇放下。

她想有個人商量，並不只是面對法律的發展，需要有人陪伴。還有，幸讀大學的事情，或許也該讓他參與意見。更深層的渴望是，她想確認清楚，這件事，還是「我們」共同的事情嗎？你還跟我站在一起，一起對抗、一起陷落嗎？

十九年，不算短的時間，突發的案情變化，為她帶來巨大的騷動，那騷動的底層，是從未熄滅的對情感的渴求。她討厭極了那不斷從乾枯的心底，冒出來的慾望。

她已走到植物園靠和平西路的出口，翻譯社在對街。她回頭，望向園內。在視線所及處，她看見一名年輕女孩，坐在貝羅里加欖仁樹下，膝上放著素描本，低著頭塗塗抹抹；隔著一小段距離，一名老外剛豎起腳架，準備取景拍照；角落裡，則是一對老男少婦，旁若無人依偎著纏綿擁抱；一對母女彎著身，細細觀看同她們舊日家居圍籬相似的朱槿……這園子，以一種閒適的節奏，展現普世的太平歲月。

忽然，眼前像動畫似的，動了起來。一名約莫五、六歲的男孩，從雙子葉園區衝了出來，他媽媽在身後跟著跑，追上了，用力牽起男孩的手，旋即被甩開，男孩像匹野馬繼續奔跑，口中呼叫著：「松鼠、松鼠……」男孩跑至菲律賓紫檀樹下，抬頭望向樹梢，那快速奔跑的松鼠已然隱入樹叢。他媽媽靠近了，又想牽住男孩的手，男孩再次甩開，這樣牽了又甩、牽了又甩，反覆了好幾次。

靜美掏出手帕來擦汗，不知是天氣炎熱，或是眼前這一幕母子追逐，讓她煩躁了起來。

幾天前，臨要上床睡了，靜美去敲幸的房門，她推開門，原本只想說一聲，早點睡，幸猛一回身，神情緊張，瞬間撕掉手中的紙片，扔進垃圾桶。

第二天早晨，幸去上學。靜美走進幸的房間，從垃圾桶裡翻找出揉成一團的碎片，拼湊出幾行決絕的字跡。那是幸寫給她的信——

「親愛的媽媽：

請原諒我，向您提出兩個要求。

我想我該擁有屬於自己的手機了。

便宜一點的沒關係，山寨的也可以。

沒有手機，我快要變成怪物了。

另外，我想到外縣市讀大學，一直不敢跟媽媽說這件事，怕媽媽反對。

我想趁大學四年，學習獨立。這樣對我、對您，都好。

請媽媽答應吧。

陳幸」

明明是寫給靜美的信，寫了，又撕，靜美感受到幸想說又無法說的內心掙扎。

她沒有該有的震驚，她的一隻手，適時地放在胸口，扶住了顫抖的心臟。半晌，「要飛走了啊。」她心裡猛然冒出這樣一句話，熱辣的淚水終於落下，那不是傷心的眼淚，而是……猶豫與心疼。

她越過馬路，來到翻譯社的大樓前。她忽然覺得自己傻，她和他，已經是兩個世界的人，遑論是站在一起。

靜美有了些覺悟，不，世間哪有突然生成的覺悟，不過是當下的念頭，但靜美信了：發生在她身上的，是時間無法治癒的瘡疤，但不是他的；就像她躲避著不讓幸知道，因為，這瘡疤更不應該是幸的。但她心裡始終擱著他，他成了一道影子，她藉著一道影子，確認自己曾經真實地活過，真實地共同擁有幸這個孩子。

她在翻譯社討論接下來幾個翻譯案的特約分工。其他譯者沒興趣的，她點頭認下。離開時，她到附近巷內的小攤，買了炒米粉和豬血湯，還熱著，她提在手中，搭車回家。算算時間，幸該放學了。她照例在車站等著。

當晚入睡，靜美又做了噩夢。她夢見屋內一片漆黑，洪水從唯一的一扇窗戶洩進來，速度很快，就快要淹至床鋪了。靜美抓著枕頭，踮起腳跟，拚命拉高身體，她倉皇四望，想找逃生的出口，但封閉的屋子沒有門，只有一扇孤零零的窗戶。那個人，那個滿臉鬍渣頭髮豎起的男人，從水中直直地浮了上來，他對著靜美露出粗鄙的笑，一面用肥短的手掌拍打四周的水，水花向上衝，衝到了天花板，然後他向她招手，說著：「美女，過來，過來啊……」

靜美猛然坐起，空氣凝滯燜熱的臥室，電扇呼呼地左右輪轉，夜風微微，怕隔壁的幸聽見，她一隻手掩住嘴巴，在暗夜中嗚咽低泣。

⊙倒數3天

隔離室裡，白色的牆壁，搭配原木色的桌椅。靜美坐在桌子的一端，剛開始，因為緊張，靜美低著頭。一會兒後，她習慣了室內冷肅的空氣，目光流轉間，甚至有些餘裕，注意身旁的社工，她梳攏在背後的長髮，略帶嬰兒肥的臉，塗抹深色口紅的唇。

她剛剛對著麥克風跟對方的公設辯護人發飆，拉高嗓音說：「懷孕五個月，怎麼可能看不出來？」

現在，她平靜了下來。

法官的聲音從隔壁的法庭傳來：「當時妳一個人在家，確定嗎？所以，他侵入妳住的地方？」

靜美用了點力氣咬住嘴唇，好像這樣可以稍微放鬆情緒，她回答：「是。」

前日靜美去上太極導引課，短短一瞬間，跟隨老師催眠般的口令聲，她睡著了——嚴格地說，是像似沉睡，又像似大腦飛到了遠方。

想起長久以來渺小的渴望，渴望一場深層的睡眠，靜美在問訊中，流下了委屈的眼淚。她曾經要求自己，努力地活下來，活得像個正常人。僅僅是睡眠，尚且如此艱難。她得到的懲罰實在是太重了。

那夜，靜美肚裡懷著五個月的身孕，未婚夫出差，頂樓小屋的窗簷滴露著豆子般的雨珠，滴答、滴答、滴答。靜美關上窗戶，上床睡覺。一時睡不著，轉頭去看窗外，漆黑中，綿綿的冬雨，終於停了。她發現，鬆脫的窗戶尚未修理，心想，這房子實在太舊了啊。夜夢裡，有人翻上屋頂陽台，她沒有察覺。

社工從她身後遞上了面紙，輕拍她肩膀提醒：「慢慢說，不要急。」靜美拭去眼淚，說：「那個人，穿草綠色的汗衫。」

他來偷東西，手裡提著他男人從義大利扛回來捨不得喝的基安蒂葡萄酒，以及準婆婆送給她的幾條黃金項鍊。他靠到床邊，搖醒靜美。那個懵昧的時刻，靜美翻身，張開眼睛，看見了他淫笑的臉。「我求他，不要傷害我肚子裡的孩子。」靜美說。

她半跪半爬，到樓下按房東家的門鈴，她大聲哭嚎，全身無法停止的顫抖，她的震驚、慌亂，像一頭失去方向的母獅子。房東陪她到警局，在逐漸的冷卻中，她開始問，為何是我？

隨之而來的，是脫序的日子。靜美一遍又一遍逼問未婚夫，為什麼你不在我身邊？為什麼窗戶鬆脫了你不修理？為什麼，很簡單，「這是我的工作，我出差……我忘了修理窗戶，真的，就是忘了，不過是偷了個懶，世界就垮了。」他說。

他們彼此嘶吼，大聲跟對方討公道。他說：「妳也天南地北地跑，不是嗎？」她說：「你們男人不會遇上土匪強盜。」他說：「換成是我，被砍斷手腳了。」她說：「我比死還痛苦……」

有些往事，因為難堪，靜美刻意逃避，害怕一旦想起來，腦海裡浮出的自責。現在，她想起來了。她曾經挺著凸起的肚子，褪去衣衫，裸光身體，要求他的男人，「跟我做，拜託。」她要求他，狠狠的，狂暴的，野蠻的，粗鄙的，一次就好。但他拒絕了，緊緊抱住她，安慰她，我們不能傷害肚子裡的孩子。

她是這麼的努力，想要用一個強烈的印記，蓋掉前面那一個。他不了解她，她的痛苦日益加深。

最後，她懇求他，我們結束吧。他答應了靜美的要求，永遠不再見面。他成為了愛情的背叛者。

「所以，妳一個人扶養孩子？」法官問道。

是的，半歲以後幸就只屬於靜美了。幸是單名，跟著靜美姓陳。取名字的時候，靜美慌亂無著，明明是不幸的事，卻代以幸這個單名。她已忘記當時是怎麼想怎麼決定的。如今，幸已是十八歲的少女，在幸的身上，時間顯露它沉默的力量，失去了幸福的靜美，終究有了為人母親愛的汁液。

前些時，靜美甚至有一股不甚明確的恍惚感，感覺到自己無論是什麼，一灘水，一顆頑石，一個不幸的女人，幸始終是盛裝她的容器。冥冥之間，幸帶領著她。而她，即將展翅飛走了。

她想到自己的人生，僅僅只是一個冬日夜晚的疏誤，就此全盤摧毀，她不知道這樣的自己，能否有足夠的勇氣，放手讓十八歲的幸，飛往她無法控制的遠方？

而那個魔鬼、魔鬼們，此刻就在法庭，隔著牆壁，她看不見他們，又彷彿眼睜睜地看著他們，她忽然確定了自己為何來到這裡，以致兩手不由自主、重重地按在桌面，她拔高了聲音，忿忿地說：「他該死，通通去死。」法官不明白她的意思，問：「什麼意思？」

踏出法院，迎面而來壅塞的車潮，模糊了靜美的視線。這麼多年來，她以為遺忘可以拯救自己，但並沒有。此際，在對方的辯護人、檢察官、法官輪番逼問的問答裡，她被迫重述花了十幾年努力去遺忘的每個猶如刀剮的不堪，最後，像剝掉了一層皮，她掏空了自己，她感到疲累，暈眩，想睡一會兒。

凌晨時分，靜美像從練功時腦中渾然的狀態醒來，正好迎接窗外一片晶亮的天光。她沒有立即起床，仰躺著，任腦海裡片片斷斷無法連續的念頭紛飛。她想起，在令人窒息的隔離室裡陡然的發怒，當時，因為法官問她，一個人扶養孩子嗎？於是她想起了幸。她是心底埋藏著一座火山的人，她的憤怒之火燒灼了起來，忿忿地問自己，如果惡魔傷害了我的女兒呢？然後，她說了通通去死讓法官摸不著頭腦的話。

有那麼一秒鐘，法官停頓下來，她並未理解靜美那屬於受傷者的詛咒。

意外的，詛咒激勵了靜美。她可以詛咒了，她要天底下所有的惡魔通通去死。在過去的十九年裡，她漸漸遺忘了受傷者的這個權利，現在，她可以詛咒，可以大聲嘶吼。

她怔怔望著窗外一日之晨的純淨陽光，感覺陽光正朝著她投來一片溫柔。如果世界是這樣的，那麼，她就可以放手了。

⊙7月1日

大考之日。一早，靜美送幸到樓下。

早晨的巷子，陽光從一旁高大的相思樹叢間，灑落下來。幸的身影很快地浸沐在近乎透明的光影裡。從背後望過去，她左右款擺的馬尾，晃動間，閃動著宛若玻璃碎片般的晶亮。

靜美看著面前直挺的青春背影，漸漸現形的身體線條，流露出獨屬於年輕少女的倔拗之姿，在她的舉步、肩頸、擺手、髮絲之間。這樣的體態是否意味著足以勇敢無懼、昂首向前呢？靜美無法確定，也不免再次湧起憂慮。

幸翩然轉身，消失在巷子的盡頭。靜美的心裡忽然有股時光悠悠的感傷，差一點又再萌生搬家的念頭。在她的印象裡，總是天幕降下的時刻，她和幸並肩穿過暗影浮動的巷道，回到她們的家。她從未留意過清朗的天光下，這條筆直到底向左轉的巷子，和人一樣，存在著生命。右邊公寓前方的土坡，被攀附著寄生蕨類的樹叢占據；樹叢後面，躲藏著一棵孤零零的大花紫薇，這個季節兀自燦開滿樹的豔紫；公寓樓房的牆面，被一大片日光斜照的殘影覆蓋；緩慢移動的行人步履，輕巧安靜；她甚至發現路邊野草尚未褪去的昨夜的露水……這巷內的清晨，透發著彷彿世界初初誕生的純淨感，以致她怔怔佇立良久。

她轉身進屋，收拾打掃，像日常的每一天。十點，她踏入廚房，洗米煮飯。煎了兩條香腸，利用餘油煎了鮭魚，炒了高麗菜，最後，又煎了荷包蛋，好久沒煎荷包蛋了，她還記得，小火，蛋的四周微焦後，翻面。她把菜餚一層一層鋪在便當的白飯上。然後泡了壺茶，茉莉花茶，讓它放涼。

幸不讓她陪考，以堅決的口吻說：「妳不要去，我自己可以。」靜美一直是兩人關係裡的主控者，從未像此刻，竟然害怕違逆了幸——是因為幸想要離家讀大學之故吧。她們約定好，靜美不陪考，送便當去。靜美花了點心思準備食材，她極少替幸做便當，晚餐永遠是草率的外食，她們過的一直是簡陋的生活。

抬頭看看牆壁上的時鐘，還有一點時間，她忙碌起來，將茶水裝入水壺，扔在地板上的雜物歸位，以及其他一些零碎家務小事。剛剛，她同時分裝了給自己的一份飯菜，她跟自己說，坐下來吃飯吧。如果不是幸赴考，她沒有心思好好做一頓飯。忽然，她心頭冒出幾分酸澀，這個在她肚子裡，她花了比任何女人百倍力氣去護衛的孩子，要離開她了。她正等著幸向她開口，但她尚未決定如何應付，應該慷慨地點頭答應嗎，或是堅決反對？她毫無頭緒，隱隱然，她察覺到自己沒有拒絕的餘地了，未來的日子，便是這樣，一個人吃飯。

飯後，屋內飄起醺醺然的夏日微風，而且，雄蟬綿密的嘶鳴，又響了起來，她有些睏倦，眼睛細瞇，身體也綿軟。她起身，想練一會兒太極導引，好提振精神，待會兒還要出門去呢。她站穩腳步，雙手前舉，然後沉肩墜肘，身體緩緩下沉，蹲到底，再收腹、提氣，徐徐直起……

練功中，那帶著黏稠感的風，自她皮膚掠過，她渾渾像是睡著了，蟬繼續鳴叫，一長聲，接著一長聲。

她忽忽醒來，看看手錶，差不多了，便把便當水壺放進布袋，出門去。

這是她女兒的赴考日，度過這個關卡，幸將感到自由舒暢，歡喜迎接新的人生。

三天前，她準備離開法院，身旁經過的檢察官朝她微微一笑，她猜想，那是發自同情吧？她的遭遇的確值得同情。又或許，那笑意味著值得等待最後的結果，那屬於她的最後的倒數。但願如此，她心想。她是為了幸這麼做的，在她模糊的初衷裡，必須懲罰所有的惡人，所有的。不然，她放不下讓幸自由。

無論如何，這是她一個人的奮鬥，不能讓幸知道，這是她的底線。

家庭劇場

後來我知道了她的名字，曹美麗。「很土，但很好記。」她說。

我們相識於寒雨蕭瑟的動物園，非上班日，園區冷清，熱帶雨林區裡的植物，甚至垂頭喪氣。

園區打烊後，雨終於停了。我們穿著厚重的外套，沿捷運沿線行走，總以為到了下一站，就會分手。

步行讓身體漸漸暖和，曹美麗卻沒有停下腳步的打算，滔滔不絕跟我說著她和媽媽逃離家庭的故事。她的故事很長，可見她不是善於言談的人，照理濃縮在兩個捷運站之間，就該說完了。

說不定世上所有的故事，都需要慢慢推進，好讓聽的人一步一步掉進故事的渦漩裡，尤其是那些發生在家庭裡綿綿無盡的日常瑣細。

午後，曹美麗穿戴整齊，準備出門。剛過完舊曆年，寒意未消退，今年的春天怕要延遲了。對這甩不掉的冬季尾巴，曹美麗幾乎要生出了恨意來。她站在住家大樓門前，有那麼一瞬間，恍恍惚惚，不知該往何處去。

這是曹美麗對我描述的故事開場。怎麼會有人出了門卻沒有目的地呢，我感到好奇。於是，我偏過臉去打量她。

那是一張瓷盤般的圓臉，燙捲的及耳短髮，個子不算高，但骨架頗龐大。最吸引我注意的，是她身上穿的暗紅色及膝大衣，領口還有一圈絨毛。我分不清那是上等的貂毛或是合成纖維的假貨，總之，打扮成這副認真的模樣，在我的人際關係裡很稀有，在動物園裡更是從未見過。

曹美麗說，她心裡的遺憾，正慢慢膨脹，她跟自己的老媽咪撒了個漫天大謊。她媽咪上個月過世了。因為曹美麗的謊言，臨終前，老人家嘴角含笑，放心滿意地撒手離開人世。

這對女漢子（這是她的自稱）曹美麗而言，是個不小的打擊。據曹美麗形容，以往的她，經常大言不慚拍胸脯跟朋友吹噓，老娘最討厭對我撒謊的人。現在她覺得過去的豪邁，若不是習慣性地誇大其辭，便是根本涉世不深。

「人一旦撒了謊，圓不回來，心裡就會有罪惡感。」說這話時，曹美麗抬起了頭，望向遠方闇黑的天際，好像廣闊的夜空會解答她的疑惑。

我看著曹美麗一臉的迷惘，猜想她是個失去了生活目標的人吧，因此，她一身貴婦裝扮，原該去五星級飯店喝下午茶的，卻來到了動物園。

●

兩年前，也是剛過完農曆年。曹美麗比平日起得早些，先探頭看向屋外，冬季結束前的陣陣寒雨，自前一晚便滴答滴答地落著，一整個晚上，她睡不著，躺在床上翻來覆去，心裡一片濕冷。但她義無反顧了。

她先幫媽咪穿上羽絨外套，漱口洗臉，餵媽咪吃了一小碗燕麥粥。她嫂嫂兩腿交疊坐在沙發上，未吭一聲，暗地裡斜眼窺視她。平日伺候老人的差事，是她嫂嫂負責的。

準時八點，預約的計程車已在門外等候。這事她盤算許久，既沒有告訴哥嫂，也未徵得她媽咪的同意，默不聲張看了幾家養護院，便決定了。

曹美麗把她媽咪抱上輪椅，推出門，她未料到，一個冠心病又青光眼幾近全盲的老人，違拗起來，身體的反彈如此強勁，她費了一番拉扯，好不容易才將一頭蠻牛，半推半擠送進計程車後座，狼狽了一陣，她身上的衣裙都被雨水淋濕了。

這時，她哥哥一身鬆垮的睡衣褲，兩眼惺忪從屋內衝出來，質問她：「曹美麗，妳幹麼？妳把媽咪帶哪裡去？」她媽咪也趁勢哀嚎，「美麗啊，恁欲炁我去佗位？到底欲炁我去佗位？」

這是曹美麗的失算，倘若知道會遇上下雨，她不會選擇這一天帶走她的媽咪。獨自一人帶走行動失靈的老人，並不是輕鬆的事。

準備鑽進計程車時，她哥哥又大聲張嚷起來：「曹美麗，妳到底想怎樣？到底想怎樣啦？」

曹美麗是愛面子的人，擔心附近鄰居看見了丟臉，趕緊直起身，眼前隔著一層雨霧，她朝著雨霧的另一端，萬般自憐地說：「以後，我來照顧媽咪，再見了。」

計程車啟動，她媽咪忿忿地回頭，望向自己的家漸漸變得遙遠，老人不斷扭曲掙扎，哭喊著讓我回家、讓我回家，罵曹美麗囂查某，綁架她，心肝哪會遐狼毒？她耐著性子安慰老人，「我帶妳去個好地方，放心，真的是個好地方，沒有人敢再欺負妳。」

說這話的時候，曹美麗腦海裡忽然響起了江蕙的歌聲，江蕙哀怨地唱著：請你著忍耐，女性不是無氣概……心酸苦情放心內，悲哀也忍耐……

這個家庭的故事，就從曹美麗把她媽咪送進日安養護院的這一日說起。

曹美麗形容她帶走媽咪的舉動，「是一場大逃亡。」她說。

逃亡這個比喻，聽起來頗為誇張。照曹美麗的說法，「非逃不可，我一分鐘都待不下去了。」話說得振振有詞。親人之間真鬧到互相仇視的地步嗎？我們相識僅僅數小時，彼此尚屬陌生，雖然懷疑事實真相，但我非常克制，保持旁觀者不批評、不介入。這一點，我是受過訓練的。

於是，曹美麗繼續述說他們家的這場變故。

她說，一個家庭會發生巨大的轉變，都有遠因和近因，如果過年時沒有因為一道長年菜吵架，或許她不會送她媽咪住進養護院。但是，「我的閨密都罵我是笨蛋，我真的很笨嗎？」她問我，生活裡有太多事情可以成為引爆點，到底該如何做出正確的決定呢？

「很難說吧，遠因會不斷地累積，不斷地產生刺激，即使不是一盤長年菜，也可能是一碗綠豆湯啊。」我狡猾地虛應了她。

也就是這個時候吧，我掉進了曹家的故事之海。我不是擅於講道理的人，但那個當下，我懵懂地認為，此刻的曹美麗，正等待有人伸出手，扶住她。你看，她努力張著單眼皮小眼睛盯著我的模樣，是多麼的寂寥無助。

關於曹家，曹美麗說，他們家原本經營雜貨店，便利商店興起後，雜貨店撐了段時間，她爸爸鬱鬱過世後即歇業。此後，曹美麗和她媽咪、哥嫂、兩個姪兒，同住一屋簷下。

曹家位於郊鎮七彎八拐的巷弄內，是棟老宅了。她媽咪原本是家族裡高高在上的太上母后，眼睛迷茫後，家務改由哥嫂做主，曹家的頭家娘頓失氣勢。缺少陽光浸潤的老宅裡，鎮日迴盪著她媽咪無休無止的怨懟：阮來去吊脰好啦，看逐家有面皮無？心肝艱苦啦，艱苦死矣啦，可憐喔，死都死袂去；若無我，咱一家伙仔無望啦，看恁欲怎樣……以及，她哥哥刻薄殘忍的口頭頂撞，嫂嫂則不知從哪裡學來的，斜睇著眼，冷眼旁觀。

對曹美麗而言，除夕夜發生的事，再屈辱也不過如此了。

一整天，為了祭祖拜拜的禮儀規矩，曹美麗媽咪跟媳婦齟齬不斷，家裡成了大燜鍋，隨時爆開來。忍耐到了年夜飯，一家人剛上桌，兩個不知事的孫子為了烤雞腿爭吵起來，媳婦拿小孩出氣，厲聲罵著：「一隻雞兩條腿，吵什麼吵？」曹美麗媽咪眼睛看不見，但她聽見短促的兒童尖叫聲，判斷媳婦動手了。她把筷子重重地甩在桌面，怒斥：「莫拍阮孫。」

曹美麗心情鬱卒，覺得這樣的年夜飯委實難以下嚥。她放眼桌面，嫂嫂叫了外賣，曹家極盛時期，靠她媽咪一個人擺出滿桌澎湃，子孫滿堂的年夜飯，已是榮景不再。她媽咪碎碎叨叨，一會兒問香腸哩？滷豬腳哩？炒米粉哩？一會兒又叮嚀孫子按規矩來，年年有餘，盤裡的乾煎鱸魚，不准食。再一會兒又想起了重要的事，追問著：「啊長年菜佇佗位？予我食寡。」老人坐得畢挺，等著兒孫友孝，將長年菜夾進她嘴裡，餵她吃上一口，一口就好。原本沉默的哥哥卻突然尖牙利嘴，說：「媽咪，外賣沒賣長年菜，時代無仝矣。」

曹美麗心想，時代不同是什麼意思？時代不同就可以過年不像過年，一桌五湖四海拼湊的菜餚，烤雞之外，麻辣臭豆腐、泰式椒麻雞、韓式辣醬炒年糕……就離她遠遠的一盤清蒸大明蝦，稍微像個樣子。

她討厭這家裡彆扭的氣氛，家不像個家，她媽咪和哥嫂言語底下盡是刀光劍影。她更不滿嫂嫂的態度，過年沒準備長年菜，是詛咒老媽咪嗎？她在心裡暗罵，你們夫妻拿走家裡多少錢財，竟然這樣對待疾病纏身的老媽咪。她學她媽咪，把筷子甩在桌面，霍然起身，慷慨激昂，對著她媽咪說：「我來去煮，簡單的代誌。」

女漢子大步走進廚房，卻不簡單。冰箱裡翻來找去，好幾樣綠色蔬菜，她分不清楚該用哪一樣。那個瞬間，她像遭到一巴掌打在臉頰，熱辣的痛。

「你了解我的屈辱感嗎？我，不會煮長年菜，我是個笨蛋。」經過一排商店街時，曹美麗攤開兩手，無奈地說。

除夕夜發生的事，讓她領悟，自己恐怕沒有能力帶著她媽咪脫離哥嫂獨立成家，她飯來張口，五穀不分，自小靠著媽咪飼養，洗衣燒飯繳水電費，凡家裡的事，她一概不知。但這個家住不下去了。她想了又想，脫離哥嫂，最好的方法是送媽咪到養護院，讓專業的來。

●

計程車在日光養護院的大樓前停下，兩名看護笑臉盈盈出來迎接。進到大廳，趁曹美麗辦理入院手續，看護帶她媽咪住進了二樓的單人房間。

這是曹美麗精心挑選的養護院，樓高四層，入口有座小庭院，環境清幽，收費自然較為昂貴。曹美麗盤算著，先住進去，安妥了，召集開個家庭會議，讓沒出息的哥哥和出嫁的姊姊，分攤一些。

房間裡，三尺半寬的床邊立著床頭櫃、塑膠衣櫥、會客沙發，簡單乾淨，還有一扇窗，窗台上擺置著盆景，志工說是開花時五顏六色的非洲堇。曹美麗心想，曹家的房子寬敞舒適，卻充滿哥嫂的言語暴力，還不如這裡清淨，連她都想住進來，讓人服侍。

放置好媽咪的衣物，她把緊急救命的硝化甘油放進床頭櫃，俯身對媽咪說：「救命仙丹放在右邊抽屜裡，伸手就摸得到，愛會記得。以後妳住這裡，護理師會好好伺候妳，我們才能放心去上班賺錢。懂嗎？」

她媽咪露出驚詫的表情，顫抖著舌頭，說不出話來，好半天才問道：「妳毋佮阮蹛做伙喔？」曹美麗一下子眼淚奪眶，她這個老姑娘，半輩子賴在家裡，這是第一次，跟她媽咪生離死別一般。

曹美麗低著頭，心情複雜地走出日安養護院，不斷告誡自己：請你著忍耐，請你著忍耐……她的女神江蕙，總是適時地伸出手，扶住脆弱的她。

她媽咪哭鬧了一個月，拒絕進食，嫌養護院的食物是給豬吃的。洗澡也彆扭，不讓阿桑脫她衣服。吃飯和洗澡前，她特別情緒不寧，常以蠻力拍打床鋪，吵著要回家，要吃家傳紅燒肉，痛罵曹美麗綁架她，不如讓她去死，「阮老人甘願歹死佇家己厝內。」她吵嚷著。

不久，曹美麗搬出老家，住進早前購置來出租的一房一廳小套房，成為真正獨立的人。每天下了班，她就來探望，百般哄著，但她媽咪把臉撇開，一副恨死她的模樣，她只好狠著心腸告訴她媽咪：「家裡兩棟房子，一棟讓妳兒子抵押給了銀行，一棟讓妳兒子全家遮風避雨，妳沒有家了！妳兒子不管妳了啦！」

曹美麗記得，銀行抵押貸款是媽咪每個月幫忙償還的，現在媽咪不住家裡了，她哼哼兩聲，心想，曹明仁，你要是還不起貸款，房子遭法拍，活該。不知從什麼時候開始，曹美麗對她哥哥，懷上了深深的怨懟。

吵嚷了一陣，曹美麗的媽咪不再鬧了。但愛抱怨的毛病不改，連著幾天埋怨隔壁患氣喘的老人，「彼个死老猴，暗時毋睏哀哀叫，吵死。」

剛剛住進來，曹美麗不好意思找護理師麻煩，拖延了幾日，支支吾吾跟護理師反映了。院方很客氣，答應盡量協調。未料，當天下午老人一口痰噎著，緊急送醫，幾天後傳來了死訊。院方告訴曹美麗時，她眼睛鼻子嘴巴全張開了，一陣啞口無言，這個地方生老病死，死亡就在你身邊。

這事倘若讓她媽咪知道，恐怕心裡忌諱，又要吵著回家。曹美麗算計了一下，跟她媽咪撒了她們之間的第一個謊：「妳看，這裡的效率多好，馬上就讓死老猴換房間了。」

她媽咪是精明幹練的雜貨店頭家娘，沒那麼容易哄騙。她問：「就按呢一棟樓仔厝爾，伊是欲搬去佗？」

曹美麗笑她媽咪：「吼，騙人家眼睛看不見喔。」又耐心解釋，這裡有四層樓，妳住二樓，三樓則專收不聽話的老人。

她媽咪咬住嘴唇，緘默不語，心知肚明曹美麗說謊騙她。她媽咪咬住嘴唇沉默不說話的時候，越來越多，當生命的火苗日漸微弱，沉默或許是弱者抵抗的姿勢。

但是，她媽咪是抵抗活著，還是抵抗死去呢？

阮的心情無人瞭解，目屎吞落腹肚內……為什麼阮的心，親像船隻遇風颱……

曹美麗望著她媽咪那一臉的無奈，心裡有股聲音揚起，脫口唱起了江蕙的歌。不久，她媽咪就在她沙啞的歌聲中，睡著了。而這時，我開始留意到曹美麗不斷提及的江蕙和她的歌。

●

曹美麗的日常生活因為她媽咪住進養護院，變得秩序大亂。這是她事前未料想到的。根據她的敘述，她的生活大約如下——

她在戶政事務所上班，工作穩定，有份差強人意的薪水，不算正式公務員，沒有優厚的軍公教退休金，但有棟小套房、幾張股票領取紅利。平日上班坐櫃檯，服務老百姓，周而復始。她牢牢記得，自從陳水扁選上台北市長，像她這樣坐櫃檯的黑牌公務員，就不再有尊嚴了，人客來，起身陪笑，彎腰四十五度，請問需要什麼服務，跟傻瓜似的。若是敢任意大小聲，一次兩次，飯碗就不保了。幸好她有張福氣的圓臉，抹一層蜜粉口紅，笑起來古錐，人客不嫌。她就以皮笑肉不笑的標準表情，應付各形各狀的老百姓，轉眼近三十年。她媽咪常說，時間有生跤，意思是跑得快。她今年四十六了。四十六歲的女人跟五十歲無異，等於半百。

下了班，她到日安養護院報到，陪老人說話。她越來越懂得跟媽咪撒點兒小謊，謊話說多了，快要拆穿的時候，她媽咪就陷入沉默，比曹美麗更害怕謊言拆穿時彼此的尷尬。

夏天過去後，她快要找不到話題應付她媽咪了，也漸漸感到身體難以排遣的疲憊，從頭貫串到腳。疲憊感來自體力的消耗，也是生活的寂寥。從前不是這樣的，只要踏進家門，日常所有的細瑣，全由媽咪和嫂嫂掌管，大小姐過的就是逛街吃飯塗指甲油跟姪兒玩耍的幸福好日子，發薪日拿點錢回家盡孝道，其他事情就全不沾心了。

初秋微涼的某個夜晚，母女倆僵持著無話可說，她好不容易想起了，問媽咪：「妳記得以前院子裡，常常飛來一隻白頭翁嗎？」

她前陣子聽姪兒說，白頭翁躺在杜鵑盆景的後面，死了。她媽咪搖搖頭說：「不是白頭翁，是麻雀。」

「啊都頭頂一簇白頭毛，白頭鵠仔啦！」

未料她媽咪竟然生氣了，把臉撇向一邊，說：「遮是阮兜，敢有人比阮較清楚？」接著便追問兩個姪兒最近可好，有沒有胖一點，考試考幾名，妳是跟大的還是小的聯絡，為何講起麻雀死掉的事？

她媽咪想家了。曹美麗知道說錯了話，不該提起家裡那些不大不小的事情。隔一會兒，她找了個理由，逃跑似的，匆匆離開了養護院。回家路上，曹美麗想著媽咪老來生病窩居養護院的不堪，默默提醒自己，以後說話當心一點。

隔幾日，曹美麗和她的閨密相約吃飯。她們是：陳淑萍，戶政事務所的同事，同為低人一等的黑牌櫃檯員；謝惠方，淑萍的高中同學，有個三顆梅花的旅長老公和兩個小兒女；賴素卿則是謝惠方的童年玩伴，市場裡家傳事業擺攤賣水果，大家叫她阿卿，閨密們也跟著這麼叫。

四個女人約在戶政事務所附近的熱炒店，圍坐一張矮桌，點了客家小炒、三杯雞等下酒菜，她們都有點阿沙力的酒力，吃飯配啤酒，七嘴八舌，言不及義。八卦說累了，她們關心起曹美麗的媽咪，問老人家住養護院習慣否？曹美麗吞飲一大口台啤金牌，嘆口氣說：「唉，開過家庭會議了。」大家又追問會議結果，曹美麗再嘆了口氣，說道：「我姊答應認一份，我哥說他養家負擔重，只能出人力，就是我嫂。」

這結果不出意料。經常聽她吐苦水的淑萍首先發難，「妳就是傻，沒代沒誌，把妳媽接出來，還說是大逃亡，笑死人。」這話她不知罵過曹美麗多少回了。

「養護院的費用不便宜喔？」生意人阿卿鐵著臉教訓曹美麗：「錢的事，跟談戀愛一樣，最好算清楚，誰都不要吃虧。」

一陣轟轟然，吱吱喳喳，議論紛紛；接著有人勸曹美麗，把媽咪送回去，就說媽咪想家呀，想孫子呀。再不然……曹美麗一逕搖頭，女漢子豪邁地說：「老娘不跟他們計較。」

飯後還有餘興，趁著酒後微醺，四人一路尖聲談笑，揪去KTV唱歌。

進了包廂，閨密們瘋瘋癲癲搶麥克風，淑萍唱過，接著阿卿，阿卿唱完換惠方，最後才輪到曹美麗。在她們這個閨密小圈子裡，無論做什麼，曹美麗總是排在最後，像是戲劇裡陪襯的開心果。曹美麗不介意，她喜歡閨密們，她也只有這幾個朋友了。曹美麗選了首江蕙的《家後》，她遺傳了她媽咪的低音沙啞煙燻嗓，唱到「阮將青春嫁治恁兜，阮對少年隨你隨甲老……」嗓音拉高，卡住拉不上去了，惠方首先笑倒，阿卿淑萍跟著笑，曹美麗自己也癱在沙發椅上，四個女人笑成一團。

不知從什麼時候起，曹美麗得到小江蕙的綽號，應該是淑萍，她最擅長給人冠綽號。剛剛有人起鬨，「唉喲，不要每次都唱江蕙，今天來唱葉瑷菱啦。」曹美麗故作嬌態，努著嘴，斜瞪眼，兩手叉腰，呵呵呵仰頭長笑三聲，葉瑷菱怎能跟我們家江蕙比？曹美麗和她媽咪都喜歡江蕙，她媽咪還曾經是江蕙的鄰居，他們曹家跟江蕙是有淵源的。

散場，曹美麗一個人在街上踽踽獨行。時間晚了，馬路上街燈敞亮，車輛稀微，加速行進的車子閃動著車燈，形成一幅螢光流動的夜景。曹美麗先是在心裡數算今日唱了哪些江蕙的歌，《惜別的海岸》唱了，《甲你攬牢牢》唱了，《愛著啊》唱了，她最愛的《落雨聲》，當然是一定要唱的，而她並不喜歡的《家後》，果然又落拍又燒聲，唱了一半。唱了四首又半首，她感到心滿意足，長時間身體向下沉甸的疲憊感，卸下了些許。她望向眼前夜色流轉的街道，心情有些兒淒迷，想起剛剛離開KTV時，打開手機，果然她媽咪奪命連環叩她，還留話再不過來死予你看。她覺得媽咪以死相逼，死這個最後的手段都冒出來了，她恐怕再找不出對付媽咪的辦法了。

飲酒歡唱的快樂，稍縱即逝，曹美麗感到無邊的頹喪與空虛。忽然，身邊唰地一聲，閃過一輛紅色跑車，劃破夜空閃電般飛馳而去。她被奪目的豔紅車體，以及馬達轟隆轟隆產生的極速快感，給震懾住了。那個瞬間，耳畔又響起了江蕙的歌聲：請你著忍耐，女性不是無氣概……

睡前，曹美麗仰躺床上，在心裡感謝那位飆快車的神經病，如若不是速度的刺激，她恐怕沉浸在愁緒裡，兀自消沉感傷。她也感謝江蕙，江蕙是她的女神，她的神仙良藥，她的避風港，她振奮了起來，拿定了新的主意。

「妳覺得友誼是真實的嗎？我的意思是，有時候，友誼好像演戲，演久了，就假戲真做了。」

在這寒風微微的街道上，曹美麗說出了她對友誼的迷惑。對她而言，我是個臨時的朋友，不負責友誼的道義，只能像名局外人，笨拙地應付著：「朋友讓妳不開心嗎？……喔，朋友間吃吃喝喝，都是這樣的啊。」

我感覺得到，曹美麗看似無所隱瞞地對我說話，那是因為，下一刻可能就揮手再見了。就這一點來說，陌生的朋友有時候勝過相交數十載。但是，在走過了三座捷運站後，我們的關係，始終是由我扮演著承受者、聽故事的人，以這層角色而言，我不能在承接她的話語時，不考慮她的感受，或者說，我不想違逆她對一個傾聽者的渴求。因此，曹美麗說友誼好像演戲，並沒有錯。不過，我們還不能稱得上是朋友吧，朋友應該像她和她的閨密們，吃飯唱歌，胡亂說話。顯然，曹美麗無法滿足於這樣的友誼，她可能察覺到了什麼，譬如她們四個人之間微妙的平衡，有猜忌，嘲弄，也有真誠，不至於傾斜崩解，又互相倚賴、互相較量。

當話題轉入友誼，曹美麗跳躍式的，講起了江蕙，我甚至還來不及明瞭其中的邏輯關係。

據曹美麗媽咪的說法，她跟江蕙做過鄰居。當時江蕙十二歲，已經亭亭玉立。曹美麗媽咪住在江蕙家對街，中間隔著六米寬的馬路。約莫晚餐時間，曹美麗媽咪與家人捧著飯碗，搬張小矮凳，圍坐家門口，在夕陽西沉的光影裡，和附近鄰居閒話家常，囫圇吃飯。江蕙和她的家人從不參加鄰里的活動，他們獨來獨往。

曹美麗媽咪青春期後就是家裡的重要支柱，她幫家裡打理米糧生意兼掌管家務，直到三十一歲，才相親訂婚。在等著出嫁的時日裡，她內心裡漸漸形成一塊私密之地，每日傍晚，看著對街低矮的木造平房，其中一間緊閉的紅色大門，嘎吱一聲，門扉開啟，走出來一對衣衫大紅大綠的小姊妹，那是江蕙和她的妹妹。曹美麗媽咪的眼睛裡泛著說不上是羨慕或是什麼，癡迷的眼神從飯碗前緣向外放射。每日的這個時刻，她的心隨著小姊妹惦惦地懸念。小姊妹跟著一個身穿窄褲管黑布鞋的男人步行而去，她仔細打量，男人的嘴邊蓄著鬍渣，她對這類裝扮的男人心存戒心。

這是曹美麗媽咪長年以來不斷重複訴說的故事，曹美麗不知聽過多少回了。印象裡，自從江蕙唱紅〈惜別的海岸〉突然變成大歌星以後，他們家裡茶餘飯後的話題，就是江蕙了。她姊姊曹美紅出嫁時，嘴角撇著賊賊的笑意，跟曹美麗說：「江蕙嘛，以後就拜託妳，我畢業了。」

她媽咪還說過一件不知是真是假的事情。某日，江蕙提前奔出了家門，朝著對街奔跑過來，在暈紅的夕暉中，晃動的江蕙化身成一團雲影。她媽咪立即丟下飯碗，衝過去攔住江蕙，問她怎麼了、怎麼了，江蕙便不顧一切抱住她媽咪的肩膀，呼呼呼地嚎哭起來，兩個人像失散重聚的一雙姊妹，相擁在一起。「我安慰她，不要哭，有啥物委屈共我講，我保護你。」她媽咪日後總是這麼說。

這段插曲也就這樣，沒有更多的了，曹美麗懷疑根本是她媽咪幻想出來的，要不，她說：「江蕙究竟受了什麼委屈？她們不算真的認識，江蕙怎麼會抱著媽咪痛哭？媽咪又能怎樣保護江蕙呢？」即使聽過一千遍了，曹美麗還是懷疑她媽咪和江蕙的故事。

而我這個局外人，心裡卻產生了另一層迷惘，曹美麗對於真實存在的閨密，心生友誼的懷疑，而她媽咪說不定用一生的時光杜撰了一段友誼。兩代的女性有不同的人生寂寞，也有不同的友誼的需索。

儘管如此，曹美麗拿定了主意，對付她媽咪，就跟媽咪聊江蕙。曹美麗有備而來，上網搜集了許多江蕙的新聞——關於江蕙從小到大的市井傳說。當她媽咪說：「彼時阮踮三重埔……」曹美麗立刻熱切回應：「喔，那個時期，江蕙是唱酒席的。」她媽咪沉吟了一會兒，像在掐指數算時間，然後國台語夾雜地說：「咦，江蕙有唱過酒席喔？這段阮毋知。敢毋是有去豆干厝？」

這時刻的曹美麗，臉上的表情自然是洋洋得意，關於江蕙，她心裡興起一股奇異的念頭，想跟她媽咪較勁一番。根據曹美麗網路搜尋的結果，江蕙住三重這段時期，唱過酒席、豆干厝、基隆酒吧、台北地下酒家、北投那卡西，每一段賺的都是二十、五十的甘苦錢，酒客醉茫茫撲倒腳邊，或是夜半三更小姊妹手牽手走過台北橋，這些同齡女孩不曾經歷的燈紅酒綠，是兩個小歌手司空見慣的日常。

養護院的就寢時間到了，曹美麗仍然鬥志昂揚，一雙眼睛窺探著她媽咪的反應，看她媽咪嚴肅的表情就知道，她提供的情報是新鮮的。但她媽咪是生意人家鍛鍊出來的，她睏了，想睡了，斷然說了一句：「天公疼戇人，這是天理，江蕙一定會出頭的。著無，伊成功矣，伊是大歌星。」

曹美麗感覺自己終究還是被擊敗了，再說不出狠話來了，懂得做結論的人，永遠是贏家，她的強人媽咪。

●

季節轉為春暖時，曹美麗回了老家一趟，在老人房間裡翻翻弄弄。她的兩個姪兒一前一後纏著她，她不介意，像以前一樣寵愛著他們，各給了一小筆零用錢，還跟小的姪兒討得一枚蜻蜓點水的吻。曹美麗心裡有數，孩子是銜他們媽媽之命，盯著她。曹美麗其實也是銜命而來，她媽咪讓她回去找存摺，說是不忍心看她沉重的開銷。

據曹美麗說，她媽咪視錢如命，怎麼會大方起來？噢，事情是這樣的。

她媽咪度過了初期難熬的養護院新生活，開始結交朋友了。有位中風行動不便的老先生，大家喊他陳老師，跟她媽咪特別交好，經常相約在二樓陽台碰面。陽台可以遠眺新店溪河堤，堤下是綠意盎然的河濱公園。她媽咪看不見眼下宜人的風景，單純呼吸著從公園飄送過來含帶著青草香的新鮮空氣。

陳老師跟她媽咪生肖同屬蛇，是斯文周到的教書先生，他心腸好，想代替她媽咪的眼睛，見面時總是這樣開啟兩人間的話題——「妳看，今天有人在草地上練棒球。」「妳看，新店溪越來越乾淨了。」「妳看，今天的天空，是藍色的，萬里無雲。」一面手指向遠處，臨河的一片遼闊綠地。兩個早已無性別的八十歲老人，都落了單，夫妻各自飛，話題就從各自的老伴講起。

對方的妻子是淋巴癌走的，據說是性情溫婉的好太太，說話輕聲細語，臉上永遠掛著與世無爭的淺笑。陳老師形容妻子即使癌症末期，心裡還是顧念著家人，七次化療讓她瘦成皮包骨，卻從未抱怨，最後甚至同意服用尚未上市的實驗新藥，她微笑著對先生小孩們說：「我知道，你們希望我活下去。」陳老師慨嘆說，他明瞭妻子話裡的意思，是你們的希望，不是她的，「她就不能把真正的心意，告訴我們嗎？」為此，陳老師在她媽咪面前掉下幾滴老淚，她媽咪看不見，卻理解陳老師自愧對不起妻子，在求死與求活的兩難間，悲慟到底的心情。「她是深更半夜熟睡中過去的。」他說。

陳老師受過良好教育，夫妻二人都在國中教書，一個教英文、一個教國文。他們的家庭很成功，孩子們都受了高等教育，有好的事業，繁衍到第三代，建中北一女台大，好像散步繞一圈便溜進去了。對曹美麗的媽咪而言，陳老師的生活、他的家人，彷彿遠方天邊的星辰。但她媽咪喜歡聽陳老師說話，喜歡陳老師的妻子，曹美麗媽咪從未想過世界上有這樣完美的女人。她出身賣米糧的家庭，進貨出貨，向來是大聲吆喝。出嫁後夫家經營雜貨店，擺滿角鋼貨架的店面，必須揚著嗓門呼來喊去，她的一整個人生就是守護兩個家族的事業，粗嘎的嗓門是天生，也是後天使然。身邊的長輩將她的這種個性，視為持家的優點，她不懂輕聲細語這個成語的意思，輕到多輕？細到多細？像踮著腳尖走路那樣嗎？

難眠的夜裡，她躺在床上，在黑暗中偷偷地模仿，試試看要怎麼樣卡著喉嚨，才辦得到輕聲細語。眼睛看不見了，她漸漸把感情投射在各種聲音，發現到了夜晚，便開始想念陳老師斯文有禮的說話聲，以及彼此交談的內容。她的人生永遠有做不完的雜務，以致跟人交談，總是一邊忙碌，一邊碎念，眼睛無法直視著看人。以致現在她轉頭望向陳老師時，模糊的視線裡，一片黑，猶如是懲罰。她羞慚地認為，自己過的是粗鄙的生活，而且過了八十年。

他們漸漸互相幫忙各自身體的殘缺，陳老師右邊身體無力，曹美麗媽咪會提醒他記得去做復健，緊去，緊去。陳老師則讀報紙給曹美麗媽咪聽。曹美麗媽咪雖然個性大辣辣，還是知羞恥，有幾次想問江蕙的消息，話到嘴邊，還是縮了回去，江蕙是屬於我們這種人的，袂當予伊看無目地，她告訴自己。

大概是有一回吧，曹美麗媽咪羨慕陳老師兒女孝順，陳老師笑笑說：「妳有曹美麗啊，一個抵三個。」陳老師看在眼底，一年了，就曹美麗這個女兒天天來報到。

曹美麗原本是個大小姐，現在卻耐性哄著老媽咪，她媽咪的確沒想到，終老之際，是這個驕寵的小女兒陪伴她、照顧她。陳老師又說：「日光養護院不便宜，我有退休金，我不讓小孩為我分攤，妳呢？」面對應屬私密的金錢事務，老人傻住了，她沒問過曹美麗錢從哪裡來，她故意裝傻，想用裝傻來處罰曹美麗，誰叫她強逼自己住進滿屋子生病老人的養護院。

但她終究被這個問題困住了，連續幾個夜晚，她仔細地想，大女兒曹美紅據說分擔了一些所費，這出嫁的女孩個性老實，不愛計較。但是，曹明仁，阮的寶貝兒子啊，他哪有錢呢，進口巧克力的生意不知做得怎樣？兩個孫讀補習班也很花錢。

某日天已暗暝，曹美麗拎起包包要回家，她媽咪喚住她，附在她耳邊，講了一串數字。曹美麗初時莫名所以，很快就懂了。她媽咪信任她，給了她存摺密碼，讓她自行領取帳戶裡的錢。曹美麗嘴角泛起一絲五味雜陳的微笑，笑容裡有幾分勝利的狡詐，她媽咪信任她，她媽咪知道了，錢不能通通給了兒子。

但她在媽咪的房間裡找不著存摺和提款卡，曹美麗去跟她嫂嫂索討，她嫂嫂嘻皮笑臉推說哥哥不在家，她做不了主。兩個女人暗中較勁，曹美麗無功而返。反正密碼在她這邊，她不怕。轉念，她又擔心起哥嫂如果去養護院誆騙老人家……她得盡早去銀行辦理掛失，徹底解決這件掛心的事。

卻是在這個時候，她媽咪的身體出了狀況。護理師來電，說老人家喊頭痛、眼睛痛、牙痛、心絞痛，全身都痛，原本左眼尚有一絲模糊的光影，吃完早餐，眼前突然一片漆黑，看不見了，她媽咪驚叫一聲，摀住眼睛，人從輪椅往下滑，護理師來不及扶住她，瞬間便跌倒在地。

曹美麗陪她媽咪到醫院一關關檢查。她媽咪因為青光眼，多年前動過小樑切除手術，但只保住眼壓不繼續升高，視神經已受損，視力一天天減弱。心臟的問題雖然靠藥物控制，心絞痛的次數卻越來越頻繁，但曹美麗媽咪拒絕裝新的支架，是消極放棄自己的意思。辦好入院手續，曹美麗推著輪椅，母女倆穿過醫院大廳，不約而同都長嘆了口氣。她媽咪是嘆息人老了身不由己，曹美麗則是感嘆，照顧老人真的很花時間，生活搞得一團混亂。母女二人的心裡非常有默契地同時響起了江蕙的歌聲，阮的心情無人瞭解，目屎吞落腹肚內……親像船隻遇風颱，受著雨受著波浪來阻礙……

她媽咪拒絕任何侵入性治療，在醫院住了一段時間，只靠藥物控制。住院期間，曹明仁跑得勤快，三天兩頭到醫院探望，帶來米血糕、章魚燒之類，老媽咪原本食慾不振，吃點東西就嘔吐，但兒子買的都是她喜愛的夜市小吃，她吃得高興，又終於見到久違的兩個孫子，喜悅全寫在臉上。其實也不算真的見到，她全盲了，兩手摸索著孫子，從肩膀摸上了臉頰，驚呼怎麼瘦了，恁母仔無予恁好好仔食飯乎？

老人家生病，讓一家人又再重聚，曹美紅還送來一個大紅包，分擔住院的開銷。曹明仁連著幾天貢獻夜市小吃，她媽咪吃得津津有味，努著嘴說：「按呢才是合人食的。」曹美麗聽得懂話裡的意思，她在抱怨養護院的食物。

●

曹美麗把銀行的事辦妥，有了媽咪的資助，感覺生活又像是全新的一般。下了班，母女倆又聊起江蕙，她媽咪問曹美麗，最近有沒有江蕙的新聞？又略帶羞怯說起那個陳老師，無代無誌念報紙給她聽，什麼外勞逃跑啦、反核遊行啦，好像把她當學生來教示。

她媽咪又得意洋洋地說：「阮騙伊講阮是北二女畢業的，阮是有讀書的。」

「騙肖哩，北二女畢業。做人要誠實啦。」母女倆抬槓起來，她媽咪嬌憨地說，「哎喲，阮無愛予伊看無目地嘛。」

曹美麗掩著嘴笑，鬆開手時，看見她媽咪臉頰一抹緋紅，像個初戀的少女。但其實，那是血壓升高造成的，曹美麗媽咪的身體已經到了不斷發出危險警訊的地步。她們又談起江蕙的種種，譬如江蕙自小有暈眩的毛病，發作時噁心想吐站立不穩，「洪榮宏毋是頭一个啦，猶閣有一个比洪榮宏閣較緣投的，伊送江蕙轉去厝，我親目睭看過。」她媽咪說到愛情，繼續說：「個阿母一日到暗共伊揣祕方，伊是厝內的金雞母，袂使倒，袂使嫁。」

只要講起江蕙，她媽咪就是一副你們都不知道的樣子，曹美麗網路上收集的資料，常常派不上用場，只好嗯嗯啊啊，跟著唱和。最近的一次，她媽咪聊著江蕙，突然唉嘆一聲，曹美麗問她媽咪怎麼了，她媽咪歪著嘴角表情誇張地說：「江蕙是艱苦人，趁遐濟錢，路尾嘛無共家己嫁出去。」曹美麗回了一句：「大明星很難嫁啦。」

接著，接著，災難就跟著來了。「啊妳咧？阮閣食無偌久矣，妳咧？欲像江蕙，孤單一人喔？人有錢好過日，妳錢無別人濟，若準無伴，阮死矣，妳是欲按怎？」

曹美麗覺得無辜，氣噗噗地頂撞：「江蕙是江蕙，我是我。」

這以後，母女倆總是好好聊一陣，便開始鬥嘴，然後不歡而散。她媽咪經過一場住院，開始擔心她嫁不出去，都快五十了，現在談嫁娶委實是個笑話，要嫁得掉，還不嫁嗎？

吵架次數多了，曹美麗心情不佳，就找閨密吃飯。有人倡議帶曹美麗出去玩，三天兩夜，暫時忘掉她媽咪。曹美麗猛搖頭，「我媽咪保證奪命連環叩我，三天，三小時她都不放過我。」閨密們又開始責罵曹美麗把媽咪帶出來住養護院，根本自找苦吃，活該。曹美麗只能悶聲不吭，默默承認自己的確犯下了致命的錯誤。

秋天時，曹美麗服務的戶政事務所舉辦員工旅遊。曹美麗跟淑萍約好一起參加。但是，該怎麼跟她媽咪請假呢？如果她媽咪不同意她去，是否厚著臉皮拜託哥嫂來看顧一下？這些難題，她的同事兼閨密淑萍，一概不解，難道曹美麗是個不自由的人。她半識笑地跟曹美麗說：「乾脆騙妳媽，跟男朋友去約會啦。」

曹美麗覺得這是個好主意，反正媽咪催她嫁人，成天以死相逼，老是掛在嘴邊：「妳無嫁，叫阮按怎放心走？」她不明白，她媽咪到底是想死，還是不想死？聽起來像是不想，但她若是嫁人了，難道就可以抱起枕頭瀟灑躺進棺材裡？她覺得善意的欺騙是個好辦法，就讓自己圖幾天清靜吧。

於是，兩個早該是麵包比愛情重要的半百女人，在嘈雜的戶政事務所裡偷閒，編造起理想男伴的條件，好似做著一場春夢。做夢的時候，不知是忘記了，還是從未想通過，大凡撒一個謊，必得用另一個謊來圓，如此一來，就得不斷地撒謊，不斷地。

●

接下來，便是一個謊接著一個謊的劇情了。

曹美麗踏上了員工旅遊的礁溪旅程，她媽咪心懷愉悅地祝福她，一次都沒有去電叨擾她。因為她告訴媽咪，「我交男朋友了啦，三顆梅花喔，我要到礁溪去看他，兩天一夜。」

她媽咪追問，敢有影是三粒梅花？佇礁溪部隊駐守？人生做啥款？敢有真躼？曹家的人都矮，如若交個高個子，就可以生個體面的孩子。她媽咪直接跳到了生育，讓曹美麗啼笑皆非。但她不管了，先去好好玩一趟，她照顧媽咪身心俱疲，終於可以暫時逃離。

兩天後，曹美麗大手筆採買了宜蘭鴨賞、煙燻雞腿、三星蔥餅等等宜蘭名產，連她哥哥家也有分。回到日安養護院，迎來的當然是一場拷問。她媽咪問了快二十個問題，其中有個問題，據說是陳老師耳提面命的，「啥物時陣悉來予阮看覓咧？」曹美麗笑她媽咪，妳看不見啦。她媽咪不甘示弱地說：「阮用摸的，就知影伊是好人抑是歹人。」

閨密們又聚在一起商量對策。淑萍跟好友惠方坦白承認，當初提議礁溪女婿的條件，五十歲，三顆梅花，是根據惠方的先生設定的，曹美麗害羞地跟惠方求饒：「夭壽啊，我絕不會搶妳家老公，放心。」

惠方並未介意，反而有點沾沾自喜，自己的先生條件好，出借一下，算是幫曹美麗的忙。她們料想老人的日子不多了，先生暫時借出去可以隨時收回來，沒有損失。幾個女人為此興奮不已，又多喝了幾罐金牌台啤，證明了她們平日的生活多麼索然無聊，太平歲月多麼缺乏戲劇性的刺激。

走累了，我在商店街騎樓避風的長椅，坐了下來。曹美麗沒有放過我，她靠著我坐下，問我是否不想繼續聽她的故事。她說：「接下來就是故事高潮了。」

望著她殷切期盼的表情，不，不只如此，她似乎越來越顯亢奮，她急切地想告訴我，她的人生。是人生，不僅是故事。我心裡感到一絲和天氣一樣的悲涼，她是以什麼樣的心情，跟初次見面的人，講述自己呢？我合理懷疑她恐怕是戲劇性人格吧，我是被這樣的人給纏上了。一轉念，道德感抹去了我的猜疑，我對自己以短淺的見識，輕易去定義一個尚屬陌生的人，感到由衷的抱歉。我所受的工作訓練，更不容許我放任偏見凌越專業。

因為阻止了自己的偏見，我的耐性變得溫柔，微笑著對曹美麗說：「我想聽妳說故事，真的。」

曹美麗相信了，她繼續侃侃而談。談自己的謊言，一場虛構的愛情。她說：「那天的天氣出奇地好，我們來到日光養護院。玻璃門敞開時，我還聽見掛在門把上的風鈴，發出一串響亮的聲音。我感覺得到，大廳裡的人，坐著的，站著的，都轉過頭來，用好奇的眼光迎接我們。」

「這麼大的陣仗啊？」我說。

「必須如此。我們事先做過沙盤推演，丈母娘看女婿，但這個女婿是假的，絕對不能漏氣。」

被閨密們戲稱為「三顆梅花」的男主角，是阿卿帶來的，說是菜市場賣魚的鄰居。身材粗壯，頗符合軍官的條件。曹美麗媽咪眼睛看不見了，但她強悍霸氣，給人家從頭摸到腳，也不是不可能發生的事，完全在閨密們沙盤推演預料之中。

閨密們各有任務，阿卿的任務是給三顆梅花壯膽，畢竟他們熟識。惠方跟著來，因為出借了先生的軍官身分，不能砸了三顆梅花的招牌。淑萍則是證人，上回陪伴曹美麗到礁溪兩天一夜宣稱探班男友，沒有她做陪，曹美麗媽咪大概一整個月都會死命追問，敢有睏做伙？一群人浩浩蕩蕩，皮鞋踩踏的聲音錯亂紛紜，魚貫登上了二樓。他們即將展開一場策畫已久的孝親大會，曹美麗是女主角，在這充滿喜劇感的場合裡，曹美麗終於成為了女主角。

孝親大會很順利，曹美麗描繪當時的情景，「我媽咪抓準機會盤查未來的女婿，直接問了，你是佗位的人？外省抑是本省？爸母敢猶有佇咧？幾个小弟小妹？趁錢敢愛飼爸母？她的寶貝女兒快半百了，她還客氣什麼。但我可嚇死了，心臟一直怦怦跳。」

我問：「那個男主角呢？他占了好大的便宜啊。」

「他就盡量不說話，話都是閨密說的。」曹美麗說，三位閨密吱吱喳喳，哄著老人家開心。曹美麗媽咪覺得幾個女生都是真正關心我們家曹美麗，對她們只有心存感激，臨要走時，老人家呵呵呵笑了起來，說：「真趣味，真久無遐爾鬧熱囉。」嘴甜的淑萍立刻靠近床沿問老人家：「這个人體面閣正直，你有佮意無？」

曹美麗抓住我的臂膀，欣慰地說：「我媽咪笑咪咪地點頭了。」

那之後，經歷了一個端午、一個中秋，又一個舊曆年，三顆梅花總是選在過節前，到日光養護院跟老人家噓寒問暖，言談中美麗這樣美麗那樣，老人家照例催促小倆口快點辦一辦，讓她放心。

老人家的身體日漸孱弱，冠心病造成的心律不整，血壓高低起伏，心絞痛，日日折磨著她。黑暗的世界中，她唯一的光，就是想像著曹美麗與三顆梅花攜手步入禮堂，完成終身大事，再之後，她就想回去了。曹美麗爸爸過世時預留了媽咪的墓地，她媽咪近來常常興起一念，該回去那個山上的家了。她媽咪反覆叮囑曹美麗，場面辦氣派一點，「阮查某囝毋是青菜嫁予賣龍眼的。」曹美麗苦笑，現在也只剩下賣龍眼的了。

另一個傷心的人是阿卿。一段時間後，閨密們知道了，那個肚皮難掩肥滋滋的三顆梅花，是阿卿喜歡的男人，一段不該發生的愛情。熱鬧的菜市場裡，隔著一條人行的通道，叫賣聲不絕，暗底裡眼神如風飄盪。感情沒有結果，但戲必須演下去，無論對曹美麗，或是對阿卿。

●

據說，某日老人想起了江蕙，她問來探望的大女兒，最近可有江蕙的消息？曹美紅婆家是開水電行的，日常忙碌，哪有時間追明星的新聞。她胡亂回答了老媽咪，「江蕙退休了，聽說要結婚，嫁到美國去。」這新聞對了一半，江蕙的確舉辦了退休巡迴演唱，唱完就洗盡鉛華不唱了。曹美紅心想，江蕙如日中天，如果不是因為結婚，怎麼捨得放棄事業，於是她順口編造了後半段新聞。

曹美麗媽咪很訝異，真實地說是很歡喜，僅僅隔了一小段時間，世界就起了大變化，江蕙要出嫁了。她心情大好，喊了聲：「美紅，阮共你講……」一句話像吊在半空中，欲言又止。

她想說什麼呢？在這人生的夕暮黃昏，她是想起了關於誠實的問題。

她想告訴曹美紅，她自小住在三重，聽鄰居說過同一條街上住著一對會唱歌賺錢的小姊妹，兩人結伴四處走唱，但她從未見過她們。

她常常跟家人講江蕙的事情，說得最多的是她擁抱過江蕙。但那不是真的，她並沒有擁抱過江蕙。她想問美紅，人為什麼會撒謊，會想要活在並非真實的謊言裡？但她不頂真認為自己撒謊，撒謊會害人，她沒有害過誰。她已來到回憶塞滿大腦的人生最終時刻，腦袋停不下來。記憶裡，她很愛撒謊，撒的都是無害的謊，她的媽媽很痛恨她這一點，用藤條揍她的時候，就罵她騙子。她靠著撒謊，在娘家的米糧店攢下一點錢，給自己買了幾枚黃金戒指。想來她對自己媽媽撒的謊，是有害的。

關於自己的一生，她無法跟曹美紅說，或許跟曹美麗說，她會懂。

在家時，她心裡只有兒子，什麼都給了曹明仁這個不肖子。現在她漸漸不能沒有曹美麗了，曹美麗一定懂得她女孩時期的那份寂寥，在一條寒微的街道上，看不見未來的希望，也沒有人放任她展翅高飛。她只剩下幻想，幻想讓她變得強壯，覺得自己可以保護太早涉世令人心疼的江蕙。

曹美麗的媽咪天生是個強悍的女人，她可以保護江蕙，結婚後可以保護先生，保護夫家的一樁店面，爾後她保護兒子，現在，她不得不哀嘆，自己已無法保護曹美麗了。幸好她的曹美麗已經尋到了幸福的歸宿。

在這寒氣逼人的假日午後，曹美麗妖嬌美麗地去約會，老人的心裡正替這小女兒的戀情感到欣慰。她跟來探望的曹美紅說，她若死了，家裡的老厝以及另外一棟房子，都留給曹明仁和孫兒，台灣人的規矩，家產是兒子的，女兒沒份。但她還有一筆定存，「你們三兄妹平分吧。」她特別交代：「兩間厝莫佮曹明仁相爭，恁兩个查某囝若欲相爭厝，阮做鬼嘛會掠狂起痟。」

曹美紅看著她媽咪這般疼愛哥哥，心裡不甘，但她出嫁了，是潑出去的水，這筆帳就交給曹美麗去算，曹美麗若不在意，她不會爭。

窗外的天色漸漸下沉，冷冽的風，從窗戶縫隙裡灌了進來。曹美紅發現她媽咪的臉頰酡紅，這麼冷的天氣，老人的身體卻散發著彷彿炎夏般的燥熱。但老人似乎打開了話匣子，停不下來。她抓著曹美紅的臂膀，說著：「有一个祕密，我共你講，是恁老爸。」

曹美紅對爸爸的印象十分稀微，但少女時期的確聽說家裡鬧過一場意外，日後沒人再提起。老媽咪興致來了，她便趁母女對坐難得的時刻，問老母：「我沒問過妳，到底是真是假？後來怎樣？」

那是曹家數十年前的一筆舊帳，顧及家庭和樂，做生意的女人，一咬牙，當作生意失敗，認賠了事，從此絕口不提。她的大氣換來的，是伊的翁婿就此步入沉默，不怎麼開口說話了。她不甘的、痛苦的，是這個。

「阮啊，家己一个，去彼个狐狸精的店，拄好食晝，個店內電視機開咧，當咧搬『天天開心』，騙痟的，『天天開心』咧，袂見笑，兩个人佇膨椅頂倒坦攲，阮衝過去，共彼个狐狸精掠牢牢，搧伊的喙頼，阮看彼个狐狸精強欲昏落去的形。阮啊，親像門神仝款，大門喙窒咧。彼个狐狸精倚過來，共阮求，講伊願意做細姨，阮共伊講，彼時陣阮感覺阮的聲音是對喙齒縫漏出來的，親像欲食人，阮就講啊：查某人，甘願擔蔥賣菜，嘛毋願佮人公家翁婿，曹家是阮咧做主的。」

曹美紅感覺眼前的老人一口氣說完話，氣血上漲，活力飆升，快不像個病人了。她的老母曾經拚命護衛曹家，對比如今，突然地，她對曹美麗感佩起來，覺得這個小妹，有她媽咪年輕時的氣勢。

那是連著幾天寒流來襲的一日。當晚，牆上的時鐘標示已過午夜，曹美麗的手機急促地響了起來。日光養護院通知她，她媽咪嘔吐了一地，喊著心頭火燒起來，快要昏厥過去了。她匆匆穿了衣服，趕到醫院，隨行的護理師說，老人不斷流口水，意識陷入迷茫，狀況來得十分緊急。曹美麗這才想到該通知哥哥和姊姊。

她媽咪再沒有醒過來，躺在加護病房一週後，過世了。曹美紅很自責，她不應該催促媽咪重提那些不值一顧的往事；曹美麗更自責，她越來越輕忽媽咪，老是假藉約會，跟閨密逛街購物唱歌吃飯，讓媽咪獨自面對臨終一刻。日光養護院裡，垂老的陳老師也自責，好一陣子沒有陪伴曹老太太，沒給她讀報紙，人就突然走了。

入殮的喪事辦完，下山途中，曹美紅將媽咪臨終前說的話，大致跟家人說了。她略去了房產分配的事，決定私下跟曹美麗商量。曹明仁的反應誇大，對著老婆瞪大眼睛，不敢相信向來沉默寡言的父親，原來隱藏著駭人的背叛。

故事進行到這裡，曹美麗告訴我：「妳看，我們像不像是個，說謊的家族。幸好只是說謊，不是其他更糟糕的德性。」說這句話的曹美麗，終於露出了釋懷的笑容。

等等，故事未完。

●

此際，季節轉入陰雨霾霾的冬日濕冷，曹美麗穿上她穿了一整個冬季的暗紅色及膝大衣，準備出門。她站在住家大樓門前，有那麼一瞬間，恍恍惚惚，不知該往何處去。

她發愣了一陣子，有三分鐘那麼久吧，盤算著，想為自己決定一個去處。她想起媽咪在日光養護院的時日，很短暫，約僅兩年的時間。除了身體的病痛之外，如果在這裡曾有過歡喜的時刻，當屬那個陳老師了。那個中風的老人，曾經熱心地為她媽咪讀報紙，她記得其中有一則新聞是這樣的：動物園裡有一對食蟻獸母女，母親帶著出生未久的小女兒，趁著寒冬的深夜，翻越柵欄，逃走了。一個月後，有人在距離動物園三公里外的山區，發現食蟻獸媽媽懷裡抱著女兒，半睡半昏迷。她媽咪跟她講起這則新聞事件，覺得不可思議，她問曹美麗：「食蟻獸到底是啥物款的動物？哪會像人仝款有感情，阿母會𤆬查某囝做伙逃亡？」

老媽咪過世後，曹美麗想起這對食蟻獸母女，被尋回的食蟻獸，是否繼續萌念逃出動物園？在動物園裡，被好好地餵養，為何要逃走？能逃往天邊海角嗎？

慢慢地，曹美麗的腦袋裡，不時出現對她而言陌生至極的食蟻獸。她心想，帶著媽咪住進養護院，也是一種逃亡？但她們的逃亡，最後以謊言與死亡終結。

她想著，那麼，去看看逃亡的食蟻獸吧？

曹美麗沿著動物園活動廣場右側後方的斜坡，向山上走。經過貓熊園區時，她擠在一群年輕媽媽和小孩中間，觀看大貓熊啃食竹子的可愛模樣。整座動物園像是專為孩童設立的，嬌嫩的兒童音，此起彼落。

她遂想起了幼時，大人永遠忙碌，有過一次，全家人相偕到動物園玩。她向來沉默的父親，對柵欄裡的每一種動物都感興趣，不時發出呵呵呵的笑聲。她覺得爸爸變了一個人，像沉睡已久突然甦醒。

跟小時候存留的印象相比，動物園已大不相同，但她說不出哪裡不同，哪裡都不同了。不久，左手邊出現熱帶雨林區的招牌，服務中心的人告訴她，食蟻獸就住在裡邊。

這是一棟設計新穎的館舍，展示廳布置了各式的說明，介紹各種生活於熱帶雨林的動物，曹美麗聽過紅毛猩猩、馬來貘、蜘蛛猴，其他動物就很陌生。展示廳連接戶外，她順著指示牌走去，突然，滿眼的綠意，彷彿來到原始叢林。

順著園內的步道，她找到了豢養食蟻獸的園區。園區裡，泥土鬆黏，靠柵欄有個水塘，叢生著她幼時看過的布袋蓮，大概是她唯一能辨識的植物了。她仔細讀了食蟻獸的解說牌，對這種長相怪異的動物，有了初步的認識——來自南美洲熱帶雨林，習慣夜生活，小眼睛、大耳朵，顯示嗅覺比視覺靈敏。這種在熱帶濕熱環境中求生的動物，靠嗅覺尋找螞蟻蜜蜂之類的食物，再靠略微彎曲的鼻梁下端，小嘴巴伸出的長舌頭來捕食。曹美麗又注意到，解說牌上有張照片，食蟻獸媽媽有條拖在地面的細長尾巴，在牠的背脊上，牠的女兒緊緊地趴著。

她靠在柵欄上，張望食蟻獸的蹤跡。園區裡空蕩蕩，遠處有座泥土堆砌的洞穴，曹美麗猜想食蟻獸正在裡面，做什麼呢，睡覺或是發呆、或是計畫著下一個脫逃？

曹美麗伸長了脖子，既然來了，她不希望空手而回。洞穴的入口處隱約有個晃動的黑影，她期望不管是食蟻獸媽媽還是寶寶，能夠出來和她見一面。她是為了看牠們而來的。

她踮起了腳，想站上柵欄的橫桿，再高一點，說不定就可以看見食蟻獸了。

此時，她察覺身後有腳步聲靠近，伴隨著一股優雅的香水味，她被那股氣味吸引，轉身，就在這個瞬間，洞穴裡的黑影閃動了幾下，而她的一雙眼睛，已朝著身後一名戴著漁夫帽和墨鏡的女士，投射了過去。

「江蕙。」她像遇到了多年不見的朋友，本能地喊出了聲。

但同時，她顧念著即將出洞的食蟻獸，身體左右擺了幾下。再轉過身來時，江蕙已朝著步道另一頭而去。那是江蕙，曹美麗太驚訝了，沒錯，那是江蕙。江蕙也來看逃亡的食蟻獸。

●

熱炒店裡談笑此起彼落，曹美麗揚著嗓門，和她的閨密們講述食蟻獸脫逃賦歸以及巧遇江蕙的事，閨密們都不相信，嘲笑她眠夢、講笑話、騙很大喔。她們說，妳怎麼可能去動物園，又不是小孩子；妳太想念媽媽了，幻想啦；妳休假沒地方去啦；妳說說看，食蟻獸長什麼樣子；妳說說看啊，江蕙什麼反應？閨密們全都不相信她。慣例，她們又去唱歌，輪到曹美麗，她唱了江蕙的〈落雨聲〉，她和媽咪都喜歡這首歌：人孤單，像斷翅的鳥隻……

她唱著，有股悽楚在心裡慢慢化開。她去了趟動物園，感覺自己和過去不太一樣了。哪裡不一樣，卻無法用言語來表達。

那以後，她像被隱形的手牽引，休假日，當她站在住家大樓門口，毫不遲疑，她向左轉，朝著捷運站走去，然後搭車前往動物園。在她去了第五遍的時候，日暮時分，遠山籠罩著一層薄霧，園區裡安靜得像是原始時期的熱帶雨林。她趴在柵欄邊，對著洞穴親暱地喊著：「小咪，小咪……」那幼弱的食蟻獸在黯淡的光線下，緩緩爬出了洞穴，伸出了牠長長的舌頭。曹美麗非常興奮，她繼續呼喚著：「小咪，小咪，小咪……」

在這難能可貴與食蟻獸真實相見的時刻裡，她腦海中飄飄忽，遺忘了此前發生過的所有的事，她忘記了老媽咪最後的人生，忘記了自己不可原諒的謊言，忘記了一起吃喝的閨密摯友，以及她們無時無刻的訕笑。甚至，她也忘記了江蕙，因為她再沒有遇見過江蕙。

就在這個時候，是的，我出現在曹美麗的面前。我是動物園志工團的成員，這個月在熱帶雨林區執勤，舉凡參觀者的任何問題，都由志工回答。參觀者若有傷害園區規範的逾越之舉，我們也有責任勸阻。擔任志工已期滿三年，我執勤認真，得罪過幾次遊客，而遭志工團組長訓斥。但我總是告訴自己，我來到這裡，就是為了發揮志工的價值。

於是，我將拚命向欄圈伸長身體、喊著奇怪名字的曹美麗，一把攔住，阻止她繼續靠近食蟻獸居住的洞穴。我的動作太過用力，狠狠跩著曹美麗的臂膀，口氣也十分嚴厲，我對著她大吼：「請保持距離，請保持距離，妳幹什麼，會嚇到食蟻獸喔！」

那晚，我們先是坐在動物園步道旁的階梯上說話，時間晚了，我帶著她從側門走出園區，然後，一發不可收拾的，一路走了下去。

在熱帶雨林園區裡相遇的時候，曹美麗問我：「洞穴裡的食蟻獸，是逃跑的那對母女嗎？」

我搖搖頭，告訴她：「那對食蟻獸還在療養，暫時沒有回到這裡。」

大概不滿意我的回答，曹美麗問我：「她們病得很重嗎？」又追問：「我愛上了食蟻獸，這種事不可能發生吧？」

動物園裡充滿了愛好各式動物的人，哪怕像食蟻獸這種模樣古怪的動物，也是有人鍾情的。於是我說：「妳都幫食蟻獸取名字了，這是真愛。」

終於到了該說再見的時候了。我們站在不知道經過的第幾座捷運站，曹美麗想起了什麼，問我：「閨密們都不相信我，她們說我在幻想。妳有看見過江蕙嗎？妳一定見過，對吧？」

我的確在園區裡見過許多有名的人，周杰倫、陶晶瑩、彭政閔……但我知道曹美麗現下的身心狀態，跟那些追著大明星到處跑的人，是不同的了，跟她的未來何去何從比較有關吧。於是，我真心誠意地安慰她：「會愛上食蟻獸，的確是很少見。是妳活下去的方式，跟妳的閨密們不同了。」

曹美麗笑了，她圓潤的磁盤臉，微微腫脹了起來，笑著說：「妳今晚一定睡不好，我太吵了。」

我也笑了。在這寒澈的冬夜，因為長時間步行，我們的身體都變得沉重。也因著這沉甸甸的暖意，我對眼前仍屬陌生的曹美麗，產生了一份特別的理解與同情，維繫家庭絕非容易，要說多少個謊，才能度過一個又一個的難關啊！——我想起了我那一言難盡的家務事。

「歡迎妳再到動物園來玩。」我衷心誠意地說。

她轉身，登上捷運站的階梯，我忽然發現這位曹美麗小姐，在寒冷的天氣裡，裸露著一雙小腿肚。她穿了雙拖鞋式的短跟皮鞋，扶著牆壁，蹣跚登上階梯的模樣，那奮力的背影，看起來就是個疲憊的人啊。

老太太的夜晚

獨自一人的夜晚，老太太習慣側身斜躺在沙發上，以這個姿勢看完兩齣韓劇。「噢，想起來了。」這個念頭從腦海裡冒出來時，她驀然坐起，循著腦中意念，去翻找她找了許久的某樣東西。通常，是一幀老照片。

老太太喜愛她收藏的照片，鎮日反覆摩娑，幾乎到了癡迷的程度。六十餘本相簿堆疊起來像座小山丘，裡面的每一幀照片，都是她某段人生的剪影，也可說是她的一部傳記了。

可惜，她不是善理家務的女人，相簿散落家裡的不同角落，於是，三不五時便見她自言自語：「奇怪，哪裡去了？」幸好是如此，人生走到此際，看似夕陽黃昏，卻有許多無用的時間，可以消耗在找東西這件事情上。

老太太有個兒子，她喊他老大，在台北經營一庄小店鋪，幫人修理電腦。老大跟她說過幾遍了：「我拿回台北，幫妳掃成圖檔。」

是啊，大部分的照片都已泛黃，舊了，有些相簿，照片和一層透明夾紙，容易黏在一起。經常，老太太戴著老花眼鏡，小心翼翼地將它們分開，若是照片不慎沾黏，老太太就專心致志，用濕紙巾輕輕擦拭。無論花多少時間，她都耐著性子，直到將沾黏的痕跡全部摳掉。

即便如此，她仍不准兒子拿走相簿，她不放心相簿離開她。何況，兒子跟她解釋過，電腦掃描必須將照片一張張撕下，她嚇壞了，撕下的照片要怎麼拼回去？

老大和媳婦、孫子，這一家三口只有暑假和農曆年才回來。回來時，老太太就搬出相簿，翻出她最近看過的照片，「你看你看，你小時候腿這麼胖，好可愛。健康寶寶第一名！」

跟兒子一起欣賞照片，老太太顯得興致盎然，好似過往未來再沒有更重要的事了。但兒子卻不領情。已經年過五十，很難對自己嬰兒時期的照片，感到興趣。甚至毫不隱藏地面露厭煩，小時了了，如今混口飯吃，還有什麼好回頭去看的。

老太太便轉頭跟媳婦說：「妳看，這是妳老公。妳看這個小腿，簡直像根棒槌。」媳婦也只是虛應，點點頭，說：「早就看過啦。妳忘了嗎？」媳婦不喜歡跟老太太虛與委蛇，她心裡想的是：我又沒有參與我先生的嬰兒期。老太太沒學過讀心術，如果有，一定很受傷，沒人理解她把兒子當情人的那種感情。

但她並不死心，轉頭對另一頭沙發椅上的孫子，喊道：「過來過來，看你爸爸，長得跟你一模一樣。」孫子十七歲，高中二年級，兩手端著手機，那存摺大小的機器盒子，頻率單調地響著嘟嘟嘟的聲音，正展開一場霹靂大戰。老太太喚了他幾次，他不理，專注在他的手機頁面，只敷衍地抬頭看了一眼。

那是過年時的事了。當時，孫子不理不睬的態度，惹惱了老太太。孫子小時候放暑假，下著傾盆豪大雨，老太太騎著機車，送孫子去游泳班學游泳，她站在泳池樓上，隔著玻璃，為孫子鼓掌叫好，游完泳，怕他肚子餓，冒雨去附近店裡買炸雞。看著孫子大口啃雞腿，老太太覺得自己是天底下最好的奶奶了，再沒有人比她更好的了。然後，她用雨衣把孫子包得全身緊緊，不透一絲風雨，騎著機車回家。怎麼堂堂現在愛理不理人呢？她習慣喊孫子堂堂，因為他名字裡有個堂堂正正的堂字。如今，孫子也不愛她這麼叫了。

沒人搭理她，令老太太憤怒、難過，「關掉，給我關掉。」老太太生氣時愛拿電視出氣，但遙控器明明在她手裡。於是，兒子一把搶過遙控器，關了電視，一家人沉默地端坐在客廳。沉默令人侷促，老太太心臟跳得好快，不知如何收拾自己造成的殘局，只得頻頻斜眼偷瞄兒子，看他是否生氣了？

兒子一家回台北後，老太太又把兒子坐在嬰兒車裡的照片，反覆看了幾遍。她兒子緊裹一身厚衣，戴了頂毛帽，兩腳的褲管往上拉，露出兩條圓滾滾的小腿。

拍照時，兒子八個月大，先生在鄉公所擔任雇員。鄉下租屋簡陋，用水必須到小村遠處的幫浦站取水。她揹著兒子，手裡提兩桶清水，吃力地走路回家，一面心裡痛恨這寂寥的鄉村生活。

只有幫兒子洗澡時，才令她心情暢快。她在兒子身上的每寸地方，抹一層肥皂，細細地幫他清洗，兒子嬰兒肥，小腿一層一層的肉擠成縫隙，得用手指頭伸進去反覆搓洗。

假日裡，剛買了台富士相機的先生，便在租屋外替八個月大的兒子，拍了幀黑白照片，照片背景隱約可見鄰居家四處遊逛的紅冠大公雞。

照片洗出來，先生滿意極了，他試探地說，乾脆在家設間暗房，自己學沖洗，這樣就可以替兒子多拍些照片。

當時二十出頭的老太太，不同意。先生吵著買相機時，花掉一筆積蓄，老太太嬌嗔地說：「你買相機，那，我要買一件新衣服。」

添購新衣的承諾還沒兌現呢，結果，才剛買了相機，先生又想要暗房。雇員的薪水少得可憐，又只有一個窮哥哥在台灣，幫不上忙，肚子裡還懷了第二胎，鄉下生活諸多不便，種種原因，令她萬般不如意，何況，她私心裡盼望先生多分擔些家務，譬如哄老大睡覺，好讓她喘口氣。

媳婦坐月子時，老太太去兒子家住過一陣子。她隨身提著先生泡製的人蔘酒，以及兒子八個月大的照片。她接管了兒子家日常的一切，幫全家人打理三餐，幫媳婦燉煮補身的人蔘雞湯，洗衣晾衣拖地板，以及幫小孫子餵奶和洗澡。剛出生的小囝仔，洗澡時，得用一隻手撐住頭部和頸脖，再用另一隻手清洗全身。綿綿軟軟的小嬰兒，緊捏著小手，在水盆裡輕輕彈動，有一回，噗——，噴水池似的噴出一道小水柱，老太太哈哈哈地笑了，那個時刻，僅僅只有一瞬那麼短的時間，她感到先生這個遠從對岸逃難來的家族香火，終於傳衍了下去，她的笑隨即轉為涕淚。

第二天，又再幫小孫子洗澡時，老太太對自己照顧小嬰兒的本事竟然絲毫未見生疏，面露得意地喃喃自語：「你看喲，還是奶奶幫你洗澡比較舒服，對不對啊？不像你媽媽，笨手笨腳的。」說這話時，媳婦就站在旁邊，都聽見了。

老太太也不讓媳婦餵奶，一日午後，老太太一時發睏，躺在小孫子身邊睡著了。媳婦拿著奶瓶過來，才一靠近床邊，老太太像隻野貓，背脊一聳，猛然跳了起來，一把搶走媳婦手中的奶瓶，如同護衛自己的領地。

那一個月，老太太只要稍微得閒，就跟媳婦滔滔不絕，講述兒子幼時的故事。有些事已經說過了，隔兩天又說。她帶來的照片，放在茶几上，看電視時，就捧著照片，頭偏向左又偏向右，無限沉迷地說：「我最喜歡這一張，怎麼看都看不膩。」又跟媳婦說：「妳老公小時候啊，胖得好可愛喔，幼稚園老師問他，你都吃什麼，吃得這麼胖，他就跟老師說，我吃雞腿，吃雞蛋，吃豬腳。年紀這麼小耶，就會這樣講，老師都覺得不可思議。」

真正不可思議的是，她對著不知世事的小嬰兒，揮舞著照片，以變調的童音喃喃地說：「堂堂啊，這是妳的爸爸喲！」小嬰兒竟然有反應，舉起了他的兩隻小手，跟著奶奶搖啊搖。

老太太回去後，家裡變得安靜。媳婦問起這件事：「你真的跟老師說，你吃雞腿，吃雞蛋，吃豬腳？」先生無奈回答：「吃得那麼胖，有什麼好炫耀的。」

夫妻閒談僅止於此。有句話，媳婦隱忍了下來。她心想，這一個月來，她的婆婆，先生的媽媽，簡直是重新又當了一次新手媽媽，享受著初為人母噴灑乳汁般生育的喜悅。原來，婆婆是唯一的母親，永遠的母親，媳婦不是，媳婦是笨手笨腳，是代理孕母。因為這沒說出口的話，夫妻間出現了第一道難以跨越的縫隙，即使過了很久，媳婦依然獨自記憶著那令人鬱悶的一個月。

今晚，老太太在電視櫃塞滿雜物的抽屜裡，翻找了半天，為的是找一幀孫子剛出生的照片。照片始終找不著，卻不意找出自己第一次穿露背裝的照片。

剛剛播出的韓劇，裡面有個專搶人家老公的女人，挽著名牌包，妖嬌無恥，正一扭一扭要去跟搶來的男人私會。老太太一邊看戲，一邊飆罵：「不要臉的東西！真不要臉！」突然，她眼睛一亮，那不要臉的女人身上鮮黃色的露背裝，竟跟照片裡當年自己穿的一模一樣，流行的腳步總是轉過來又轉過去。

照片收在金黃色封面的相簿裡，老太太掐指一算，應是有了老二，從鄉下搬到大城市之後。照片裡，她長髮垂肩，笑容燦爛如驕陽。兩條細細的肩帶，在胸前形成U字形的凹處，但並無粗俗的暴露感。婚前她喜歡追逐時髦，她是愛美的女性，用現在的話說，叫做辣妹，生了孩子以後，母愛讓她美麗的身影，增添了幾分收斂。

拍照當天，他們全家去大公園玩。日本時代就興建的公園，裡面樹木參天，幅員廣闊。先生牽老大，她抱老二，不久，先生撇下他們，忙著四處取景拍照，她獨自牽一個抱一個，心裡很不是滋味。

這南方古城，夏日裡，鳳凰木一片豔紅，先生像被某個美麗的女人吸引了去，走遠了。她提高嗓門喚了幾聲，先生回頭看見她臭著臉，趕緊靠過來，安撫要幫她拍照。她穿著鮮黃色洋裝，後背兩條肩帶拉低到肩胛骨，但長髮遮住了裸露的背部。先生說，這樣剛剛好，隱隱約約最美，她便側著身，回眸，低垂下巴，對著鏡頭嫣然一笑，留住了那年紀極美的一彎唇形。

她看著照片裡的自己，像是欣賞喜愛的女明星，有一種百看不厭的耽溺之感，還有一絲勝利的得意，心裡嘟囔著，不要臉的女人，長得那麼醜，還好意思穿露背裝？

突然，老太太記起來了。那日，其實並不若照片裡靜止於完美的巧笑。她拍完照，一回頭，老大抱著弟弟，朝向滿布浮萍的水塭走去。她嚇一跳，大吼一聲，衝過去攔止兩兄弟。大概聲音太尖銳，老大緊張地鬆手，半歲大的弟弟，咚地一聲掉在地上，哇啦哇啦哭嚎。這個小意外，讓他們難得的家庭出遊敗興而歸，她怪先生只顧著拍照，丟下他們不管，先生則怪她大呼小叫，是要滿城的人都來看笑話嗎，照顧小孩老是這麼漫不經心？

想起夫妻鬥嘴的往事，她有些忿忿，賭氣地，把手中相簿扔向茶几。漫漫長夜，她又側躺回沙發上，幸好有韓劇相陪。

當年像顆冬瓜摔在地上的老二，好幾天沒回家了。她盯著電視螢幕時，視線不免瞄到電視櫃的橫架上，擺了一排的相框，其中有張老二穿著學士服的照片，臉上洋溢著莽莽傲氣。如今，因為公司大膽西進，他失業在家已超過五年。

約莫十點，老太太眼皮下垂，想睡了。她關上電視，起身回房。先生生病期間，她養成睡前聽廣播的習慣，好讓臥病在床的先生，吸收外面世界的資訊。先生從年輕到老，一直是個求知慾旺盛的人。

她早把頻道調到固定位置，她喜歡的名嘴每晚在節目裡批評時政，她雖然極少出門了，但聽取這些名嘴夾雜著內幕的批評，讓她得知天下事。

很快地，她進入渾渾噩噩的狀態，在名嘴滔滔不止的罵人聲中，睡著了。

她清晨即醒，躺在床上賴床時，聽到老二刻意放緩腳步推門進來的聲響。她一股怒氣又膨脹了起來，都天亮了，你給我死去了哪裡？

失業久了，原本個性溫和的老二，脾氣變得暴躁，有時老太太問一句：「怎麼一整個晚上，都不回家啊？」老二馬上臉色鐵青，回嘴說：「別管啦，我都幾歲了。」若是問他：「你去哪裡啊？」那更是自尋羞辱，回罵妳：「去哪裡？我去的地方，可以帶妳去嗎？」

老太太的心，早被傷得再無一處完好的了。母子間大大小小的爭執，隔幾日便上演。尤其老二跟大了他整整十二歲的女人廝混，為此她撂下狠話：「要是給我帶回家，你試試看。」

五月的某一天，老太太去買菜，菜市場旁邊有條骯髒的防火巷，她無意間看見裡面有個略胖的男人，正和一名衣裝鮮豔的女人拉扯親熱，女人的一條腿跨在了男人的腰際。她趕緊撇開視線，想快步離開，轉頭時驚訝地發現，那是我家老二？「卸世卸眾，不要臉！」她自言自語地罵道，一面感覺心臟加速跳得很快。

母子間的戰爭於是激烈展開，三不五時拉高嗓門對罵。到巷口倒垃圾時，隔壁鄰居同情地望著老太太，慰問她：「妳還好吧？」她強顏歡笑，擠出兩條深深的法令紋，說道：「好啊，好啊，在家閒著實在太無聊了！」

媳婦常常勸她，出去多結交朋友，不要窩在家裡，盯著老二的一舉一動，平白惹自己生氣。媳婦說話時總是一副振振有詞的樣子，不容妳辯駁，而且喜歡總結，斬釘截鐵地說：「妳，就是太孤僻。」

早餐時，媳婦責怪她的那些話，盈滿她腦海。妳太孤僻了；妳要多看人家的優點；妳要主動啊；妳這樣怎麼會快樂……媳婦若是太過咄咄逼人，讓她感到難堪時，她會鼓起勇氣，翹起下巴，頂回去：「誰說我不快樂？」

老太太不是在維護自尊，她是真的想不出自己哪裡不快樂。有時電話裡跟媳婦抱怨，不過是找個話題，講講生活裡發生的事，不能就說她不快樂。

先生生病時，她把屎把尿灌鼻胃管，像照顧失能的巨嬰，何止是不快樂，身體的疲累漸漸累積成為痛苦，壓得她扭曲變形，喘不過氣來。先生走了以後，生活鬆懈下來，她已不知道自己究竟快不快樂了。

飯後，老太太起身去尋找照片。孫子一歲生日時，她和先生去台北探望，住了幾天。兒子媳婦去上班，她和先生便逗弄孫子，短短幾日，難得的無憂無慮，快樂無比。不久，先生嘆口氣說：「一歲了，還不會走路，花錢請的保母就是不可靠，咱老大十個月就會走路了。」這問題老太太盤旋心中好幾日了，於是趁勢說：「那我們把堂堂帶回去，我們教他走路。老二小時候騎的公雞車還在呢。」

他們討論了半天，擔心這擔心那，最後決定，反正媳婦絕不會同意，那不如，趁他們上班不在家，現在就走。

老太太和先生一路歡天喜地，小孫子在火車上哭過一陣，又睡了一陣，其他時候跟爺爺奶奶玩得很開心，小孫子還一拳打在爺爺的眼鏡框上。

離開兒子家時，老太太順手拿走書架上的一本相簿，裡面是小孫子出生後陸續拍攝的照片。沖洗店送的相簿，很不講究，封面印上大大一朵向日葵，老太太覺得俗氣死了，揚言買本新的相簿，好好收藏這些照片。當晚，兒子打電話來，語氣不悅，責怪兩老一聲不吭帶走小孩，怎麼做得出這種事，又把話筒交給媳婦，媳婦只說了一句：「明天我來帶小孩。」老太太放軟身段，說小孫子該學走路，我們會好好教他。在這裡住到上幼稚園嘛，這樣我們生活也不會太寂寞無聊。

隔日媳婦還是出現了，孫子一見媽媽，嚎啕大哭，與媳婦緊緊相擁，母子倆像經歷一場生離死別。老太太眼見如此，大勢已去，只能輕輕喟嘆。

最後留住的，是那本相簿。

老太太想找的，是相簿裡一幀孫子洗澡的照片。幾乎每個小孩都有幾幀光著身體的照片，好像只有年幼時一絲不掛不覺得羞恥。那坐在澡缸裡的童蒙小兒，嘴裡啃著一只塑膠小黃鴨，令老太太看著看著，嘴角含笑，無限懷念。

每年暑假，孫子會到爺爺奶奶家小住，洗澡時，老太太脫下衣服，跟孫子一起浸泡在澡缸裡，一老一小盡情玩耍，他們玩潑水的遊戲，潑過來，潑過去，小孩子腦袋機靈，一分鐘變化一種新的遊戲，潑完水，又比賽划水，比賽打水，最後一關是把頭埋進澡缸，比賽憋氣。她全都配合，一一照辦，絕不認輸。遊戲中，她感覺自己重回兒童期，身體變得輕盈，心理狀態也接近遊戲，且，完全沒有爺爺插手進來的份。

奶奶喜歡和小孫子光著身體打水仗，有幾回，她甚至讓孫子吸自己的奶，這放肆的舉動要是說出去，實在太不像話，幸好沒有留下照片為證。但是，難道照片才是真實的人生，留存在記憶裡的不算？老太太腦海裡，突然迸出這個沒有答案的疑問。

他兩個兒子小時候，都拍過穿女裝的照片。孫子沒有。媳婦堅決不肯，暑假送孩子來，特別提醒，「媽，不要給小男生穿裙子照相，很無聊。」

媳婦看過老大穿著蓬蓬裙的照片，裙子是堂姊的，老太太還在兒子臉頰塗了胭紅。老二的女裝照則是穿一身透明紗裙，配三吋高跟鞋。直到現在，老太太仍覺可惜，她的相簿裡，獨缺了孫子作女生打扮的照片。如果有的話，她會把兩代三人的女裝照，併放在一起。

一本相簿，翻了又翻，再看一齣重播的韓劇，中午時刻便接近了。她給自己熱了昨晚剩下的飯菜。老二沒回家，飯菜就吃不完。

接著午睡。醒來，去給老二清掃房間，給先生留下的幾盆花草澆水，收拾廁所的垃圾桶，給魚缸撒些魚飼料，整理雜亂的茶几，昨晚扔在茶几上的相簿，挪到邊邊角，這些都是例行的家務。但老太太今日心血來潮，決定擦拭一下掛在客廳牆上兩幅大尺寸的相框。相框取下容易，掛上困難。沒關係，等老二回來，讓他幫忙掛回去。這老二，趁她午睡又偷溜出去，幾乎每日如此。

她先噴穩潔，再用紗布擦拭，鏡面立即熠熠透亮，連帶相框裡的人也精神奕奕，巧笑倩兮。那不是別人，是老太太十九歲和三十五歲時的身影。

先生工作的單位舉辦中秋聯歡晚會，主管聽說她口齒流利，個性活潑，結婚前又是傳播公司宣傳產品的廣告員，便情商先生讓她擔任晚會主持人，還提供一筆治裝費。於是她訂做了一件削肩晚禮服。兩個孩子的媽媽，即使面貌姣好，身材已屬圓潤，試穿時，渾圓有肉的臂膀令她哀嘆不已，差一點鬧脾氣，不去了。幸好站上舞台她毫無畏怯，端莊大方，全場好評不斷，尤其坐第一排的長官們，全場笑得合不攏嘴，先生顏面有光，她也感到光榮，覺得自己有能力幫助先生的仕途。

晚會結束後，她陶醉在自己完美的表現裡，一遍又一遍看著先生為她拍攝的現場照片，不斷地讚美自己。先生的一位未婚女同事，崇拜她的丰采，隔週假日，特意到家裡探訪。年輕的小姐穿了一身大紅，頂著當時流行的蓬鬆法拉頭，她心裡暗笑，土死了。礙於是先生的同事，她努力接待，漸漸發現高個頭的未婚小姐，個性熱情，參觀她的衣櫃，稱讚她的烹飪技術，幫她洗碗、拖地，離去前又甜言蜜語認了她做乾姊姊，順理成章，對著先生喊姊夫。她一度以為，在這陌生的城市裡，終於結交到了知心好友。那年她三十五歲，女人最豔美的年紀，她和新認的乾妹妹從相簿裡挑挑揀揀，經過一番討論，慎重其事，選定其中一張，送到照相館放大。

至於另一個相框。

火燙的南方夏日，身穿粉紅洋裝，足蹬雪白高跟鞋，撐一把蕾絲邊陽傘，小姑娘一身誇張搶眼的裝扮，踏出鄉下小村的火車站，她越過站前馬路，轉進商店街，從街頭走到街尾。她身姿搖曳，眼神帶笑，無視於人，她是來找她男朋友的。她的初戀男友，後來的丈夫，住在街尾一大片菜圃旁的獨棟水泥房。

整個小村因為她，為之騷動，她問了兩名路人，康福街怎麼走，閒言蜚語，隨之不斷升溫發燙。很快地，她尋到了男友家，兩人關在屋裡聊天說話。村人在外議論，亢奮不已。到了傍晚，男友踩著腳踏車，載著她慢悠悠騎過她來時的石子路，身後不免又引起一陣側目。

照片是男友送她回家時，兩人到鎮上唯一一家照相館拍攝的，男友說，妳今天特別美麗，太美了，這般的嫵媚容顏，一定要捕捉下來，使之永恆。攝影師則勸服她，在灼亮的白色強燈照射下，撐起她的陽傘，成就了傘翼下半遮的美人兒。

兩幀照片鑲在銅色邊框的相框裡，掛在客廳正中央的牆壁，象徵著她是這個家不可撼動、永遠的女主人。

磨蹭了一下午，望著相框，左一個，右一個，都是消逝的自己。老太太略感神傷，人生怎麼像做夢，眨眼就過去了。這些發散著舊時光氣息的照片，也只是記憶的點點浮光吧，埋藏在她心靈深處，還有一大片深邃未明的記憶之海。

老太太之所以這麼想，是因為照片裡的她，總是展露笑靨，她感到疑惑，那盈盈的笑，代表過往人生盡是幸福美滿嗎？那麼，先生後來參加攝影聯誼會，跟著同好四處遊逛。那些她獨自留守家中照顧兒子，獨自生著悶氣忍著恨，等待先生夜晚歸來的日子，怎麼沒留下一張照片？還有，還有……

婚前，她的養姊向養母出主意，妹仔發育這麼好，又沉迷裝扮，青春期的姑娘貌美如花，與其不三不四的男人鎮日垂涎，不如讓她嫁了，賺一筆聘金禮。她養母覺得有理，屬意批發小豬仔的陳家兒子，小時候掛兩條鼻涕的阿弟。

幼時養母使喚她到街尾豬肉販家中，買一塊三層肉，豬肉販用草繩穿過肉塊，綁成一個圈，讓她提在手中。肥滋滋的肉塊，輕輕搖晃，她的內心卻無比羞恥，夜路漫長，那個名叫阿弟的，一步一步隨在她身後，跟蹤她。她一個大轉身，俯身撿起一顆石頭，朝他狠狠丟過去，石頭扎在阿弟額頭，流了點血，而她換來了恰查某的惡名。

這家，這街坊，這裡的一切，無不令她厭惡。漸漸地，她暗藏起一份心思。國小班上插班進來幾名同學，據說是跟著政府撤退來的，他們衣衫乾淨，講國語，穿皮鞋，和街坊長大的小孩不同。後來有外省軍人，空軍，穿一襲及膝的風衣，到家附近公車票亭買車票，他們買了票，禮貌地說，謝謝。她暗中窺視這些新來的人，心裡開始有了嚮往，少女心染上了粉紅色。

她大老遠從隔壁鎮坐火車，哭哭啼啼跑來投奔見過幾次面的男友，哭訴養姊虐待她、打她，腿上還留著手指掐出來的瘀青，養母則天天逼她嫁人。關起門，男友安撫她，答應選個良辰吉日去提親。那天，他們羞答答做了那件事，做完，男友搔著腦袋說：「我一定會娶妳的，放心。」她當然放心，這是她特意挑選的男人，從此自己的命運將徹底改變，既然身體給了外省仔，自己也升等成為高水準的外省女人。

相框裡的她，心裡想著：「他是我挑選的男人。」嘴角流露一彎笑意，那是她被男人所愛的滿足，她最幸福的時刻。

她被抱養的貧寒出身，始終是心裡的疙瘩，這不光彩的人生汙點，在她收藏的相簿裡，像被毀屍滅跡了一般，看不見，但她從未遺忘。近幾年，她甚至經常想起，對命運的憤恨，越加濃烈。其實，自從先生過世，她漫長人生積累的怨恨，就像放大了十倍似的，日日糾纏著她。

該去做飯了。她稍猶豫，終於撥了手機給老二，問他是否回家吃飯。老二的口氣明顯不悅，「妳自己吃啦！」老太太掛上電話，心想，「你靠我吃靠我喝，趁我午睡偷溜出去，我還沒罵你哩。」

晚餐又是一個人。簡單燒了一碗肉絲麵，用抹布墊著，端到客廳吃。她想，這樣可以邊看電視邊吃飯，哼，我才不要虐待自己。

匆匆吃過晚飯，像每個夜晚來臨，老太太側身斜躺在沙發上，以這個姿勢看了兩齣韓劇。

期間，有個念頭從她腦海冒出來，她驀然坐起，這回，不是為了哪幀可茲紀念的照片，而是想起了一段往事。

她拿起話筒，打電話給老大，有件事，一直想告訴你，雖然你爸已經死了，但是，我就是想要告訴你，不想再忍耐了，你那個老不修的爸爸，他搞過外遇，他對不起我，他騙我跟攝影聯誼會出去拍照，結果是去搞女人。不要臉的女人，醜八怪，死皮賴臉叫我乾姊姊，可是，可是，你爸生病，我還是照顧他，還是辛辛苦苦地伺候他，他是我千挑萬選的男人……

電話嘟嘟嘟地，響了好幾聲，通話中。老太太便在機械聲中，怔怔地等下去。

騎士的旅程

夏霖跟燕子說，他想要買畫，將來畫會增值，小賺一筆。

這是多年前的事了。當時，燕子正弓著身體擦拭飯後沾染油漬的桌面，她抬起頭，冷冷地問：「什麼時候開始的？」夏霖猜想燕子的意思是，買了嗎，畫在哪裡？

夏霖不只一次說要去買畫，但燕子從未看過他提著畫作回家。她認為夏霖沒有能力這麼做，他的薪水大多繳庫，自己留下的有限，買畫恐怕只是一時興起，稍縱即逝。夏霖稱得上是老實顧家不亂花錢的丈夫；老實卻有點龜毛，而龜毛這種難以捉摸的個性，竟然隨著年紀與日俱增。最近，夏霖又開始嚷嚷著要去買畫了。

那日，夏霖踏出捷運站，廣場前方的天空，迎面而來一抹懶懨懨的橙色暮光。那是傍晚人潮擁擠的下班時刻。

他穿過人群，轉進便利商店旁的巷子，在巷底轉彎處，停下腳步。街角有家咖啡店，門旁的牆壁張貼了幾張海報，昭告咖啡店主人的社會性姿態。其中一幅關心流浪貓狗的海報，風吹雨打，邊角有些蜷起。據說店裡養了隻街上撿回來的流浪貓，養肥了，從來不見牠四處跳躍跑動，倒是經常蹲坐在櫃檯，成為道地的招財貓，報紙地方版曾經大篇幅報導過。夏霖不曾光顧過這家店，坐在店裡喝咖啡發呆看報紙，不是他生活的方式。但他會瀏覽牆壁上的海報，裡面訴說的故事，成為他觀看現實人間的窗口。新掛的海報是一部電影，夏霖靠過去，仔細端詳飾演骨董商的英國籍男演員，身穿黑色直條紋西裝，頭戴紳士禮帽，因為身體前傾，已顯老態的臉和兩道深陷的法令紋，被鏡頭拉長了。

離去時，夏霖心裡有一絲波動，默默地跟自己說，「我老了就是這個樣子吧。」已不是第一次想起老這回事了。他今年五十九歲，不久將翻過六十的山頭；此後即是一路下山，最好是直達終點，避免翻山越嶺，一路折騰。最近，嚴格地說，是女兒小霏結婚後，他忽然有了力不從心之感。他在馬路邊跌了一跤，馬路和人行道間的高低差，他一腳踩空。歸咎起來，是肌力流失所致，身體老化的警訊。

夏霖也差點搞砸了小霏的婚禮。他喝多了。他的結論是，到了這年紀，不勝酒力。但燕子可不這麼想。

春天即將結束時，初夏迎來了小霏的婚禮。這個季節，空氣中有著黏稠的濕氣，黏稠而沉悶，如同人的心情。起先是燕子為他準備的西裝外套過長，他不習慣，燕子教訓他：「這叫作長版，遮住你的大肚子。」又嫌酒紅色領帶俗氣，卡住喉嚨。為此，夏霖渾身像冒起了疙瘩，覺得自己的模樣像個滿嘴油滑的業務員。不對，他的確是個業務員。夏霖從事電鍍耗材拋光油、脫脂劑之類的銷售，出入工廠，無須穿戴整齊，無須耍嘴皮，靠的是解決問題的本事，和一般認定的業務員不同——他是這麼想的。

婚禮設在婚宴會館的三樓，廳內白花花的鏡面映襯著鼎沸的人聲。坐定後，夏霖龜毛的症頭便顯露無遺，他越來越不耐煩的臉龐，緊緊繃著。行禮如儀後，他放鬆領帶，讓頸脖部位舒服一點。然後坐在丈人的大位，屁股黏著座椅，沉著臉，兩眼直視。這個姿勢讓他得以避開相隔兩個座位的豬肉販，他的親家。

不久，他眼珠轉動，斜睨左邊正入座的女兒女婿。平日斯文得體綽號豬肉王子的女婿，新婚亢奮，一面攙扶新娘子還不忘四顧招呼朋友，舉止躁動，嘴唇張開，夏霖覺得他像隻跳個不停的青蛙。在他眼底，女兒小霏則表現得體，面帶微笑地牽起蓬鬆禮服的裙角，美得恍若仙女，等等，小霏彎下了身，夏霖心頭噗通一跳，深怕她袒露的渾圓肩頸，露餡失態，為此他眉頭緊蹙，一張臉耷拉得更長了。此時，小霏發現了他，惡狠狠瞪了他一眼。

接下來便是親家爸爸的個人秀了。這矮個子大嗓門的粗漢，滿場飛來走去，夏霖的目光追著他，無法掩飾地，露出了嫌惡的表情。婚禮結束前送客，他勉強擠出一絲笑容，卻刻意疏遠，不願意跟親家並肩而立。

回家後，燕子數落他，夏霖記得她滔滔不絕中拋下狠毒的一句：「你啊，就是個變態老人。」

夏霖並不知道自己做錯了什麼，他個性有些彆扭，但跟變態還有段距離，誰沒有幾個死穴地雷碰不得的呢。何況，豬肉販端著紅酒杯拉高嗓門到處找人喝酒划拳的模樣，任誰都會討厭，而他的寶貝女兒，以後要喊那人爸爸。想至此，他心頭煩亂，抓住台南來的弟弟弟媳，喝酒、喝酒、喝酒，一仰頭，喝乾一杯又一杯，醉意漫上了心頭。

喝醉了酒怎能說是變態呢，他對燕子低聲求饒：「我只是喝茫了。」

那段時日，整天都像喝醉了酒，一切都顯得不對勁。幾個月後，夏霖起心動念，決定為自己做幾件事，好振作起來。

幾個月的時間裡，究竟是怎麼思考的，怎麼起頭，又怎麼做下決定的，千頭萬緒，已無跡可尋。夏霖只記得，剛開始是心裡自責，覺得對不起小霏，又好幾回腦海裡響起燕子那句傷人的話，腦中的意念飄飄蕩蕩，眼前像攤了一地的毛線繩，亂成一團。

終於，他從亂線堆理出了頭緒。首先，他報名了重機駕訓班，修完五堂課，一次過關，拿到重機駕照。接著說服燕子，讓他買下心心念念久矣的黃牌速可達，添購了專門的騎士行頭。他的全罩式安全帽，額前印著一張黑色線條勾勒的老虎臉，老虎有雙活靈活現的大眼睛，犀利直勾勾的眼神，威風凜凜，應是隻正值巔峰盛年的猛虎。

而這，只是旅程的起點。夏霖告訴自己。

●

午夜三點，夏霖決定這個時間出發，如果身心保持輕鬆，經過一段夜路，過了彰化，可以迎接旭日東昇。

出發前，燕子端著相機幫他喀嚓一聲，拍下全身騎士裝備緊握機車把手英姿勃勃的架式。這樣很夠了，他心懷感激，感謝一向冷調的燕子，沒把「這麼老了騎什麼重機」之類揶揄的話說出口——雖然他不知道燕子是否這樣想過。

從65號快速道路終點，越過新五交流道不久，再匯入右手邊的64號快速道路。視野變得開闊，重機的引擎聲平穩，並無剛上路時一股腦的衝刺感，但雄渾的力量是感覺得到的。

一小時後，他跟著一輛聯結車，從八里港開始，只要停等紅綠燈，聯結車便出現在夏霖的前頭，夏霖乾脆跟在車後，尾隨下了匝道，轉入一條陌生的道路。他刻意跟聯結車拉開些許距離，讓自己置身黑夜。

重機像靈敏的發光體，穿過樹蔭和路燈交錯的道路。夏霖看不清眼前陌生的道路剛剛是怎麼出現的。因為有聯結車前導，他心裡仍感到踏實，無虞迷路。

不久，一輛山葉重機斜著車身閃過。兩車交會的瞬間，重機騎士臉朝向了他。夏霖看見安全帽包裹下，一雙放射出犀利目光的黑眼睛。也不過是剎那這麼短的時間，夏霖心裡翻過好幾層滋味。先是有為者當如是的羨慕，繼而莞爾，自從添購了重機，心理學上的視網膜效應，身旁不時出現各型各款的車，一路上，騎士們互瞄一眼，或並排而行。那對看的一眼，不是競爭，是同好間釋放密碼般的彼此認同。只是這樣嗎？夏霖轉而又想，男人間炫耀的心理，總是有的吧，我操。

他想起挑選車款時，在車行一頭頭叢林野獸間，猶如狩獵般的逡巡，那車，以側身之姿，挺立在他面前，他被全黑車身所展露的高貴野性，深深吸引，看吶，那完美線條的背脊，近乎透明、不含一絲雜質的黑，有如縱橫山林極速狂奔的黑豹，奔馳，縱跳，撲咬……然而，當他站到車頭正面，眼前竟是一張老山羊慈祥的臉。剛才錯身而過的年輕人騎的正是這款半神半獸、他自知無法駕馭的紅牌。於是，他面朝著已然前去的車子，在即將脫離視線時，飆了一聲幹話。

半個月前，有人在機友的群組裡提醒，桃園境內有個路段施工，車道封閉，夏霖於是脫離聯結車，改走快速高架橋下的平面車道，路況差了些，穿過一片鄉下農地與錯落著丁種工廠的道路，再由草漯爬上高架路。再不久，轉進鳳鼻尾隧道，隧道出口是竹北，從這裡開始，快速道路罕見地進入了市區。

一路往南，過了彰化王功，前方出現像是終點的下坡。順著下去，視線前端終於出現加油站的招牌。油表顯示快要肚腹空空，失去前進的動力了。

加油時，夏霖一回頭，發現遠方天邊，暗灰的雲翳縫隙裡，透出了晨間第一道的朝陽，正對著他發出劍一般刺眼的光。

他感到微微暈眩，轉回頭，對加油工人道聲：「早安。」這是三個小時路程後，他開口說的第一句話，隨口又問道：「值大夜班，很累吧？」

加油工人不置可否，嘬著嘴角笑笑說：「習慣了，鄉下工作難找嘛。」又盯著夏霖的重機，說：「常常有重機車隊經過我們這裡。你這車，沒騎多少公里吼？」

這下，換夏霖尷尬地努起了嘴。

擁有這台速可達四個月了，初時需要稍作練習，主要是習慣車身一百六十六公斤的重量。剛開始力不從心，發動和停車還好，跨上去要收中柱就很吃力。燕子看著，摀住嘴笑，看不出她笑裡藏著輕蔑還是什麼。很快，他嫻熟了，回家跟燕子說：「我的 G-Dink 跑八十公里了。」

燕子從她低頭滑著的手機中抬起臉來，冷冷地說：「你幫它取名字了？」

「不是，我買的這款，就叫做 G-Dink，還有人叫它，雞丁。」他說。

「喔，那就叫雞丁吧。」燕子說完，便咯咯地笑了。

他平日上下班搭捷運通勤，早不養車了。近年他加入租車公司的會員，上山掃墓或帶燕子去遠一點的地方，就租車。他動念買台重機，花錢的事讓他猶豫不決，是他堂弟推了一把，堂弟說：「還等什麼，都幾歲了，想買的東西趕快買。」

幾時開始，身邊不斷有人提醒年齡這回事，每回一碰觸年齡，他心裡便響起一陣轟隆轟隆，那是重機加速時的引擎聲，他後來明白了，還是水冷式引擎的聲音呢。

他開始逛車行，加入網路社團，又買回重機圖鑑，晚飯後反覆研讀，幾近沉迷，連政論節目都放棄了，卻下不了決心。主要是怕燕子反對，女人都看重性命安全，好像避開了危險就可以長命百歲。他媽媽若是還活著，恐怕兩個女人還會聯手攔阻他。他趁吃飯時委婉試探，其實是洗腦，「妳把重機想成高鐵吧，紅牌是商務座，黃牌是一般座，路權的地位是一樣的，違規罰單的額度也一樣，但價格不同，尊貴的程度就有差別。那些有錢有地位的，公司給車位；有錢沒地位的，只好買重機安慰自己，重機也不比汽車便宜，至於我這種，沒那麼有錢的，就選基本款黃牌。妳看，馬路上一大堆的白牌機車，等於是搭台鐵區間車。」

燕子哪會不知道他的用意，聽他說個沒完，嫌煩，「隨便你啦！」燕子重重放下了手中的碗筷。

有個問題，他問過自己。何以會戀上重機呢？何以不是聯結車？山貓？小飛機？為何選在五十九歲這個時間關卡？

他是個賣潤滑油的業務員，頭腦簡單，不擅分析人性，每每被心理問題困惑，總是起個頭，一閃念，隨即關閉腦袋。自從半年前女兒出嫁，辦完婚禮回家，他老婆怒氣沖沖罵他是個變態老人，他那遲鈍又逃避問題的大腦，意外地，就沒再停止過。

偶爾，他悵悵望著小霏空敞下來的房間，房門上張貼著洋基時期王建民彎腰抬腿投球瞬間英姿凜凜的全開海報。他就這麼目光發狠，和王建民對著眼互望，一秒、兩秒……僅僅是幾秒鐘，時間便在他們對視的目光間快速流逝。他一陣膽寒，當真擔心起自己老後，成為一個變態的老人。

他堂弟說得對，還等什麼，再等下去，男人僅存的一丁點超越性的渴望，都要熄滅了。不再想擁有什麼，不再想證明什麼，夏霖害怕那一天的到來。

男人需要一台轟隆轟隆的重機，無非為了證明男性不衰的雄風。但重機家族裡族繁，他的選擇恰恰證明了雄風的極限。他對身體極限尚有自知之明，競技仿賽和運動街車，或車身重量動輒三、四百公斤的哈雷，他想都不敢想；到了他這個年紀，身分又屬新手，圖鑑廣告頁強調的鐵男本色、史詩級旅程，都不如平坦的踏板、無須重新練習抬腿上車與騎乘姿勢、無須手動打檔，油門一催，立刻上路……他別無選擇，唯，黃牌速可達了。連紅牌都不敢碰，還能說自己不老？

出發五小時後，夏霖的精神越來越好，像是一覺醒來那樣的頭腦清醒，但身體各處的肌肉卻有些疲勞，身體的重量下沉到了屁股黏著座椅之處。前後方空蕩蕩沒有車，他已騎至61號道路的終點，再過幾分鐘，車子即將轉入南台灣以平埔族留名的大鎮。

夏霖打了左轉方向燈，唰的一聲往左前方駛去，從這個方向可以抄捷徑通往市區。他想起一位高中同班同學，就住附近，家裡栽種紅蘿蔔和破布子。靦腆害羞的女孩，送過一罐醃製發酵的破布子給他。

進入市中心，商店密集，人多了起來，人們沿街悠哉行走，穿梭購物，有的甚至汲著拖鞋，堂皇走在馬路中央。

城鎮以西，有座歷史悠久的國立高中，他那留在家鄉謀生的弟弟，畢業於此。他弟弟的成績一向勝過他，尤其是數理科。但夏霖英文較好，考高中時，他媽媽讓夏霖教弟弟英文，兄弟倆擠在後院加蓋的鐵皮屋裡，鎮日爭吵不休，驚動了父親。放榜後，他父親指責他未盡力教導弟弟，以致弟弟必須每日迢迢趕路，到鄉下市鎮就讀高中，當時，他父親鋪天蓋地的責罵，持續了好幾日。

車至十字路口，幾名婦人擋住了前方的去路，夏霖按了幾聲喇叭。在這鄉間寬敞之地，重機的喇叭聲竟如虎嘯，低沉悠長且威嚴。婦人聞聲快步趨避，倉皇閃身的姿勢，好像這城鎮緩慢的生活節奏，被夏霖和他的雞丁給騷亂了。

夏霖覺得對不住，回頭探看被擠至路旁的婦人，不意卻發現南台灣夠狠的太陽，已經熊熊燒起了半邊天空。

車過市場，夏霖停下車，隨意挑了家小吃店，進門坐下，點了西瓜綿燉煮的虱目魚粥，充當早餐。他整個成長期，對家裡慣吃的食物，抱持強烈的惡感，西瓜綿這種酸澀可棄的配角，是其一。此際，他卻想重新檢驗自己味蕾的記憶，還是那麼難以入口的厭惡嗎？

他喝了口粥，酸澀依舊，但他想不起來當年討厭的強度了。記憶並不可靠，無法還原久遠以前真實的味覺，記憶是個騙子。但有個事實夏霖是記得的，國中以後，他成為壓抑的青年，將各種喜怒的情緒包含食物，全隱藏在心底——或許現在仍是。

趕路時，一度緊貼著座椅的屁股疼痛不斷加劇，蛋蛋也受擠壓，有一刻他甚至幻想設計一個蛋穴式的前座，以解決騎士的煩惱。此時他感覺胯下已全無痛感，這表示疲勞消除得極快，或許他仍勇健，不該把老字掛在嘴邊。

剛到台北讀書時，年輕力壯，夏霖連續幾年騎著三陽野狼一二五，飆八個小時回台南，準時趕上除夕夜的團圓飯。父母過世後，不必再趕年年在爭吵中度過的夏家宴了，如今他不再是廉價的三陽二行程，他的無段變速雞丁，成了他的一雙翅膀，他騎著它飛，感到身為重機騎士的洋洋得意，五十九歲的男兒仍然有昂揚的體魄。

因為低著頭喝粥，他沒注意身旁座位來了位上了年紀的老人，老人滿臉風霜皺摺，頭戴泥土色鴨舌帽，以台語詢問夏霖：「外口彼台車敢是恁的？」

夏霖抬頭，說：「是。」

老人又說：「外位來的，有夠風神。」

夏霖在老府城長大，聽得懂台語，知道風神字詞裡負面的意思，是指責他太過囂張。打擾到他了嗎，或是打擾這個城鎮了嗎？夏霖心想。

在這個大多時候顯得老態的城鎮，或許重機的確是打擾了。他想起重機圖鑑上提過，重機客成群結隊的成就動機之一，就是擾亂既有的秩序。

老人把帽子放在桌上，埋頭吃他的肉燥飯。夏霖注意到帽子的帽沿繡著此地農會的字體。他很想問老人，到農會怎麼走？他待會兒要往那個方向去。老人卻先開口問他：「一台車開偌濟錢？敢愛五百斤文旦？」

夏霖猜不出老人是喜歡他的車，還是討厭？或者單純只是好奇。但他對老人以文旦價格作為價值的標準，感到稀奇有趣。喝完最後一口粥，他放下飯碗，站起身，向著老人問道：「彼台車一百六十六公斤，一百六十六公斤的文旦，賣偌濟錢？」

老人沒有回答，怔怔望著他，望著他直起身，走出店外。

有那麼一瞬間，夏霖感覺在小吃店與老人的擦身相遇，像極了他看過的美國西部電影，他成了闖入陌生地的牛仔，或是英雄。他向著他的雞丁走去，步伐堅定，連腰桿也挺得筆直。

他開始思索一個問題。決定南下時，他對燕子交代的理由是，想試試自己跑長途的能耐，還可以像年輕時，駕著機車南來北往嗎？但其實，他身上揣著一只畫筒，裡面裝著他多年前購買的一幅畫，他的同學林寶旺畫的。他真的買過一幅畫。出發前，夏霖小心翼翼，將林寶旺以壓克力顏料完成的〈秋色．返〉捲起，放入伸縮畫筒，而燕子完全沒有察覺。

在他為入老之齡安排的幾件多屬任性的計畫裡，擁有一台重機是最可以理解的——他要證明自己的體能尚未衰老。而他的另一個難以言明的計畫，則是想看看林寶旺，三十餘年未見面，他想知道他們之間是否還有交集？還可以暢所欲言地交談？譬如藝術。

何以想要成為勇者騎士，同時又想要親近，或因為沉埋心湖深處尚屬懵昧，而無法啟齒的，重新成為一名繪者？這兩件事究竟該如何連結？

他並未將兩件事視為同一件事，他以重機挑戰自己，但藝術不應該是挑戰。他這麼告訴自己。如果不是挑戰，那是什麼？實現未曾遺忘的夢想嗎？他早已過了懷抱夢想的年紀。現在的他，覺得夢想二字太過矯情，屁話。

高二的一整年，在鄰鎮唯一的省立高中堪稱陳舊的校園裡，四層樓高的鳳凰木形成的樹影，婆娑灑入暗沉的課室走廊。黃昏時，兩個步履匆忙的青年，揹著畫架，穿過四處躁動的高中男孩叫囂的聲浪，往樓下奔去，漸漸成為樹影裡閃動的細長人影……

夏霖沒有抽菸的習慣，如果有，此刻應該點燃一根菸，長吐菸霧，埋入往事煙塵，這樣多像一個已然進入自傳性記憶的老頭子。

事實是，他正朝著學甲加速而去。

經過一條被小葉欖仁密密包覆的綠色公路，轉了幾個彎，眼前出現開闊的豔陽天，蔚藍天空滿布棉絮。夏霖握緊機車把手，炙烈的陽光穿刺過來，幾乎遮蔽了視線。

他身旁出現連綿的虱目魚塭，即使隔著頭盔，夏霖依舊聞得到魚塭散放的一如海草的鹹腥味。

即將升高三那年的暑假，青年夏霖從台南市區搭客運到學甲，他的同學林寶旺住在那兒，保吉村八十五號，他記得這個門牌。當時，電話尚未普及，電線桿上掛著擴音喇叭，通常是村長呼叫村民來接電話。婚後夏霖看電視，電視廣告中擴音器聲聲呼喚，張君雅小妹妹快速地奔跑，他跟燕子說：「林寶旺住的保吉村，就長這個樣子。」

最近，夏霖時常想起林寶旺，想起他們高二密集學畫的時光。出社會後，只有兩度戀愛期間，夏霖將學校生活發生的趣事，當成跟女友訴情時的素材，其他時候，他不去回想青澀的過往。回憶令他羞慚，像一名自戀患者，無法昂首向前。但近來卻不同。或許人老了，身體的老化自然而然帶來了活躍的記憶。

此行，夏霖希望跟林寶旺見上一面。

高一入學，男孩們矜持安靜，某日，夏霖在走廊遇見林寶旺，夏霖問他：「明天是不是要打針？」

林寶旺流露驚詫的表情，不發一語。過了一節課，下課時林寶旺靠向他，細聲說：「明天要打霍亂預防針。」然後操著台灣國語，傻笑著跟夏霖開玩笑：「以為你是啞巴，原來你不是。」

他們相視而笑，那以後，林寶旺成為夏霖在這所學校裡，結識的第一個朋友，他們的交友圈慢慢擴大，熱帶南方的襖熱憹憹，他們努力發明各種樂子，讓自己瘋癲快活，汗水涔涔。

高二暑假，夏霖跟著林寶旺校外拜師，學石膏像素描、國畫和書法。兩個身體越來越抽長的男孩，行履積極，他們對藝術的憧憬嚮往溢於日常的言語。夏霖不時發出天問般的疑惑，當畫家需要什麼條件？畫畫有什麼好處？畫家腦袋裡想的，跟一般人不一樣嗎？腦袋裡想像的可以百分百畫出形體嗎？要像照片一樣真實嗎？林寶旺則是略低著下巴，想著什麼似的，半晌後說：「不去學怎麼知道？」

那個時候，兩個男孩就已截然不同了。夏霖刁鑽，多疑問，林寶旺則是庄腳人的篤實憨厚。

經過一處彎道，夏霖轉入兩旁散置鐵皮屋的公路，視線彷彿鑲了拉鍊，嘶地一聲被拉開，直達公路的最遠端，那裡是分不清是海還是天空的一片無塵的藍色。他在公路的中段處左轉，過了市場，新世紀後興建的大道公廟門，神閒氣定，巍峨浮出。

旅行總有意外吧，十分鐘前，他腦中突起一念，想看看他們曾經探訪過的大道公廟，遂調轉了方向。

個性很悶的夏霖，出外旅行多為了配合妻小，燕子曾打趣他是第一代宅男——那是宅男這個貶抑詞興起之後。旅行中，意外的遇見、意外的改變行程，天經地義吧，他想。這方面他是經驗匱乏的宅男子。

此刻，夏霖嘗到了旅行中隨興決定目的地的興味，而感到身體的輕盈，一仰頭，發現屬於南方天空的白色雲朵，正朝著自己微笑。

他把車停在廟的側門，巷道裡有幾家屋況簡陋的小吃攤，賣各式的飲食，這是高中那一回來時沒有的，那時候這裡十分荒涼。

正午，食攤酣熱，非假日時間，人潮不多，但爐火暢旺，肉燥飯、魚皮湯、煎香腸……在台北，夏霖並不排斥路邊攤賣的簡單小吃，但剛剛，他看著占據街道的人群，熱氣蒸騰，一念之間，心裡竟冒出了幾分蔑視，覺得眼前這些燥熱的食物，太骯髒。

念頭過去，便後悔了。

他想起死去的父親。回到南方，他父親遺留給他的某些習慣，譬如嫌棄攤商賣的食物，就從心底冒了出來。

任職稅務機關而落居南方的他父親，從路竹、鳳山、旗山，一路跟隨工作搬遷至台南，南方的每個城鎮，對他都是異域，他經常叮囑孩子：「髒東西，不要吃。」他異域寄居的不適，充分顯露在日常的飲食裡。

他想起來了。他父親每隔一兩天騎著公家配發經常不易發動的雙缸黑油車，到水交社買菜，那兒有一攤燒餅油條店，他父親買完菜，順道買幾套燒餅油條，並用熱水瓶裝一壺豆漿回家。夏霖喜歡現煮豆漿沉澱的一股焦燒味，那味道後來當兵時又再日日出現，退伍後便在味覺世界裡消失無蹤。

一日，他父親從市場回來，喋喋不休罵咧著：「髒東西，能吃嗎，沒良心的生意人，會遭報應的……」

那是因為買回來的燒餅，上面沾了幾粒陳年鐵桶沾黏的黑色鏽斑，給他撞見了。一整天，他父親罵罵停停，沒關緊的水龍頭，滴水也能淹漫。他父親是個極難搞的人，如今留在夏霖腦海裡的老府城，總是混合著他父親罵人的聲音。

十七歲那年，暑假快結束了，夏霖搭車到學甲找林寶旺。因為事前未告知，他媽媽以為他離家出走。他那時候跟家庭，甚至跟整個世界，都格格不入。

青春躁動的兩個男孩，共騎一輛自行車，一人在前，一人在後，在市場附近的道路，搖搖晃晃，忽停忽行。接近大道公廟時，林寶旺對後座的夏霖笑說：「你有手汗，黏黏的，很噁心。」夏霖也不生氣，伸出汗涔涔的手，搔弄林寶旺短髭一般的頭髮。天氣燥熱得像火爐，男孩間嘻笑玩鬧，夏霖擔心兩人快要變成烤熟的番薯了。

他們先在市場口賣冰品的店，吃了酸梅滷刨冰。吃完，穿過人煙清冷的廟前廣場。

大道公廟是學甲的大廟，敬拜醫神保生大帝，「你是外省仔，一定沒聽過點龍眼、醫虎喉的故事吧？」林寶旺對夏霖說。

每年的農曆三月十一，廟裡舉行上白礁祭典，慶祝保生大帝誕辰，林寶旺的中醫師父親是祭典的主要捐獻者，他母親則帶著親戚前往廟裡擔任志工，跟著繞境、請水。「傳說保生大帝醫治過一隻凶惡的老虎，老虎痊癒後，化身保生大帝的坐騎，還晉升為配祀神，專門保護保生大帝。我媽很愛講這個故事，每年祭典回來，總要說一遍醫虎喉的故事，年年講，奇怪，她講不膩。」

林寶旺講述廟宇的各種典故禮儀，瞭若指掌的程度令夏霖折服。他們相偕來到側旁的香鋪買香，要往正殿去時，林寶旺忽然拍拍夏霖肩膀，指向上方梁柱，說：「你看，濟世曰生。」

夏霖問那是什麼意思，林寶旺說：「沒什麼意思，據說是咸豐年間，一個弟子敬獻的匾額，有歷史價值。」

面向正殿，林寶旺臉色嚴肅，舉香向保生大帝行三鞠躬禮，夏霖空著手，只得兩手在胸前疊合，心不在焉，隨意搖擺兩下。他是被廟內牆堵、屋頂的交趾陶工藝裝飾吸引，彎身鞠躬時，又發現側邊牆面的草書，那氣勢奪人的龍飛、鳳舞四字，筆跡勁猷，是他喜歡的筆法。夏霖正準備靠過去，仔細觀看，卻被林寶旺一把攔住，「拜拜要專心，沒禮貌。」林寶旺睨著眼訓斥他。

老廟裡光線或明或暗，有如時光在空中漂浮；那是青春時期的舊事了……

此刻，夏霖站在當年和林寶旺合掌膜拜的正殿，在他站著的前方，兩名女性香客為求取藥籤虔誠匍匐跪地，其中一名幾近歇斯底里地仰頭嚎哭，尖利的聲音迴盪在煙霧飄渺的廟前。

當年，夏霖對宗教無感，眼裡只見廟宇的工匠藝術。日後，他的確養成觀看廟宇工藝的興趣，常常是，他帶著燕子，趁燕子虔誠參拜，他則四處觀賞，這項興趣成了他被馴服的人生裡，少有的胸臆間熱血流淌的時刻。

林寶旺家裡開設中藥鋪，一年中，他們家不停地拜拜，過年拜拜，清明、端午拜拜，天公生日、神農生日、保生大帝生日，無一不拜。他告訴夏霖，鄉下生活圍繞著各種神明的傳說，這是他們的傳統。他提醒夏霖：「不要小看了拜拜。我們拜神，因為神是掌管靈界的。除了人類的世界，還有一個肉眼看不見的靈性世界，靈性世界是有秩序的，神也有各自主管的範圍。」

同樣出生南方，夏霖和林寶旺的家庭，很不一樣。夏霖有時候覺得自己的家，無親無戚，無枝無葉，像活在城鎮的邊緣。而終年藥草薰染，繁瑣的祭祀儀典，傳家的層層規範，林寶旺則早早俯首認命，「我是獨生子，注定要繼承這些，我羨慕你。」他說。

夏霖家過年的時候，他爸爸裁切一段春聯紙，摺出尖頭，用毛筆恭敬寫著夏吳氏歷代祖宗顯考妣之位，權充臨時的祖先牌位，一家人便對著它點香膜拜，直到大年初五。夏霖告訴林寶旺：「我們家都是用手寫的祖先牌位，我是長子，將來照這樣做就好，很簡單。」

無數年後，夏霖在報紙上讀到林寶旺舉辦畫展的新聞，他成為了一名抽象派畫家，他告訴記者，在南部農村度過童年和青春期，中藥鋪裡終日煎炙藥草的氣味，四季如常的捻香敬神，隨中醫師父親研讀《神農本草經》、《傷寒雜病論》、《脾胃論》的刻苦修習，種種初萌的根苗，深深影響了他的作品。於是，他的畫裡總有看似了無意義的一抹靛藍，由深至淺，暈染一片，類似國畫的水墨，又像來自靈界——那是他的南方想像。夏霖讀著記者理直氣壯的文字，有些懂，有些不懂，但對於「南方想像」這個似通非通的自創名詞，他噗哧一笑，自言自語著：「哇靠，胡說八道。」

他漸漸不知道如何看懂一幅畫了。或許，他也已不了解林寶旺了，他更不了解筆觸在畫布上任性揮灑的抽象畫。

那日，他們離開大廟，穿過廟後方的窄巷，巷子盡頭是一片隆起的土坡，下方堆棧著廢棄的石塊，遠處則是農家分割成一畝一畝的魚塭，世界彷彿無限大。

林寶旺指向遠方，說：「那是我大伯家的，一公頃。我爸的在另一邊，我大伯幫我們照顧。這裡的魚塭都是我們林家的。」

多年後，夏霖偶爾回想林寶旺伸長手臂，以誇張的口吻形容一公頃有多麼的廣袤，忽然就心頭苦澀了起來。他們在市區的家，是他父親任職的稅務機關分配的磚造宿舍。父親釀製的辣豆瓣醬缸，囤放在後院加蓋的鐵皮屋裡，終年發散著過鹹的酸腐氣味。他父親六十歲時，終於買下府城那陣子大面積興建的四層樓透天厝，他媽媽卻在隔一年過世了。

那個暑假，夏霖和林寶旺，並肩坐在土坡上，百無聊賴地踢著腳下的碎石，天空布滿棉絮般的雲朵，雲輕輕地飄移，世界寧靜而無塵。他們說了許多的話，話題不輕不重，譬如較量起誰比誰聰明。

有件事，夏霖忍住了沒說。暑假裡的某一天，他搭乘早晨第一班的平快火車，獨自前往台北。

他在客廳書桌的抽屜裡，發現他父親的一枝毛筆，筆桿上印製著：香港集大莊．乾隆御製大長鋒。他父親曾經用那枝筆，替長官們寫婚喪幛聯，不知為何，後來扔進了抽屜裡。他心裡湧起一股嘗試的想望，懸念幾日，趁父親上班，拿出筆來。他沾了墨汁，一筆捺下，柔滑的筆觸如入無人之境。這驚奇的經驗印證了世上真有特別好的毛筆，令夏霖心內一陣欣喜。

火車在不斷搖晃中徐徐行駛，車廂內擠滿了人，他不敢起身，怕起身上廁所，座位被人占去。他只能端坐著，發呆。不久，他睡著了，醒來時，嘴邊流著口水。他將存了多年的壓歲錢，小心翼翼揣在口袋裡，口袋裡還有一個堪稱美味的豆沙包，他掏出來，寂寞地嚼著。他口渴，車過中部的小站，他打開車窗，探出頭跟小販買了易開罐飲料，拉拉環時，環扣砰一聲斷裂，他咒罵了一聲，一路握著飲料罐，忍耐著滿嘴的乾澀。終於，火車駛進了台北車站，比他想像得快了些許。

他按照報紙廣告的地址，找到了位於重慶南路的集大莊，花五百元買了一枝全羊毫、乾隆御製大長鋒，隨即搭火車返回台南。

這趟台北行，何以沒有邀約林寶旺同行呢？可能當時的心理狀態，需要一場一個人的旅行，屬於他的，慶祝也好，哀悼也好。說不定那時候，夏霖已然察覺兩人來到了分歧點。

太陽偏西了，他們還在絮絮不休，爭論著《清明上河圖》裡，算命的、喝茶的、騎馬的、擺攤的……放眼一片世道清明。這是宮廷畫師美化了時代？還是畫家真實的生活感受？林寶旺認為，能夠留在歷史裡並非偶然，畫者張擇端畫了十年，如若沒有北宋官家支持，巨作怎麼可能誕生？

夏霖暗想，他父親收藏了一套《清明上河圖》的郵票。他前些時頂撞父親，指責那是替朝廷美化京城繁華的作品，他父親滿腔怒火，搬出一串罵名，喋喋罵他：無知、膽大妄為、不知天高地厚、眼高手低、沒出息；他父親所想，或許跟林寶旺相同。

他們起身，準備離開了。空曠的土坡揚起了和暖的微風，蕩漾著兩個男孩襯衫的衣角。夏霖上前一步，拍拍林寶旺肩膀，說道：「我沒辦法讀美術系了，我爸不答應。你去讀吧！」

他們回到林寶旺家，在二樓書房繼續藝術的話題，並爭執了些關於報考美術系的想法。林寶旺忽然想起了什麼，從抽屜裡翻出一張彩色的月曆紙，銅板紙上印著一幅水彩畫，畫的是熟悉的赤嵌樓。他問夏霖：「覺得怎麼樣？日本人畫的。」

夏霖將月曆紙攤在兩手間，仔細看了一會兒，初看時的確微微震懾，在漾著透明水色的淡彩中，赤嵌樓散發出優雅的氣韻，隨即，他又不以為然地推開了。「你不畫國畫了嗎？」那瞬間，他心裡萌起一絲對林寶旺的質疑與不滿，他一直喜歡國畫，覺得國畫講究意境，超越於寫實之上。轉念，他想到自己不讀美術系了，便按捺住，淡淡一笑，終究沒說出口任何一句話。

返家時，林寶旺父親送給夏霖幾條用細綿繩纏結的人蔘鬚，叮囑他給父母親泡蔘茶喝。夏霖搭客運回到市區，天已暗暝，他將人蔘鬚扔進了車站廁所的垃圾桶。

夏霖記得，那年的暑假，是他和父親正面衝突最多的時候，他父親說，當不上大官，寫的字便沒有價值，高三了，專心讀書吧，寫字畫畫能填飽肚子嗎？他的內心裡因此裝滿了將要爆炸的自我放棄感。現在，夏霖揹著畫筒，畫筒裡是林寶旺的一幅他看不懂的畫。他站在離大廟不遠幾十年未變的土坡上，瞭望遠方，南方的炙陽如舊，魚塭如舊，隔著悠悠的時光，他彷彿看見了兩個稚氣未脫的男孩，在這裡互道珍重，從此悵望各自的背影……

●

夏霖依稀記得林寶旺的家，距大道公廟往南約兩公里，大馬路旁有條巷道，轉進後，筆直向前，即通往林寶旺住的保吉村。

上世紀末，保吉村已然蕭條了。但夏霖腦海中仍停留在十七歲的夏天，穿過新舊錯落的房舍形成的彎曲小巷，小街的中段，那間出入頻繁、林寶旺父親開設的中藥鋪。老醫師日日忙碌，諄諄叮囑病患，毋通食這，毋通食彼；又問候住溪邊嚷嚷要去做放血的鄰人，最近有卡好無？夏霖跟隨林寶旺穿過櫃檯桌，往裡邊走，忽聽見桌前一人回過頭來，呼喊林寶旺的小名，旺仔，咧欲開學矣乎？猶有咧畫圖無？

夏霖在巷口停車，提起畫筒和剛剛在便利商店買的義美小泡芙，在午後寧靜的小街上，尋找印象中的林寶旺家。

村中寂靜，幾無人的聲息，僅傳來咯咯咯的幾聲雞啼與狗吠。

十餘年前夏霖從報紙藝文新聞得知，抽象派畫家林寶旺從台北返鄉，幫父親經營中藥鋪，並發下豪語，要讓南台灣的藝術圈掀起新浪潮。他們漸漸斷了音訊，夏霖只能每隔幾年，從報紙追蹤林寶旺的消息。

他們最後一次見面是在陽明山，林寶旺的租屋處。林寶旺下山採買美術系學生的必需品，約了夏霖騎機車幫他載運。冬季的陽明山飄著綿綿細雨，他們一身狼狽，這一次，換林寶旺坐後座，沾著雨水的一雙濕黏的手，按壓著夏霖的肩膀。

林寶旺的美術系同學在家裡等他，買了食材準備煮火鍋取暖。

夏霖在廚房清洗蔬果時，正好背向眾人，聆聽這屋子裡高低起伏的聲響。他發覺人多的時候，人的聲音雖然混雜在一起，仔細地聽，會呈現高低節奏的層次。男生的聲音彷彿潛水，在聲浪的下端游移，女生的聲音則漂浮在總體聲量的上層，尤其其中一位女生，說話時尾音習慣向上飄，像甩尾。夏霖看不見她，但憑著輕飄飄的尾音猜想，應是個表演慾旺盛的女孩吧。進門時有個女生猛然跳上來，嬌俏地朝林寶旺舉手敬禮，說：「老大，我們等你很久囉。」說不定是她。

他靠過去，坐在林寶旺身旁，大鍋端上桌，蔬菜魚肉混合，油滋滋的氣味圍著桌子繚繞，桌上還有啤酒、滷味、香菸，不消多久，一桌凌亂。有人開始抽菸，青春的臉龐在煙霧裡綽綽搖晃，漸次模糊。一名精瘦的男生突然從座椅跳開，翻開背包拿出一捲卡帶，高高舉起，拉高嗓門宣告：「嗨嗨，各位，The Wall。」

夏霖快要分不清誰是誰的聲音了，每個人都在高聲說話，人聲裡混雜著重節奏迷幻感的洋人歌聲，他們說那是當紅的英國搖滾樂團 Pink Floyd。然後，他們高聲談論藝術，討論梵谷，梵谷割掉的那隻耳朵，他對走路散步的執迷，高更的旅行，性愛與梅毒，印象派講究的明暗、透視、解剖，以及披頭四與藍儂——不知道那是什麼人，大約又是了不起的樂團或歌手吧。夏霖想起高中時跟林寶旺討論米家渾點，在這潮濕的山上，沒人提起。

他起身，以狀似去廁所的動作默默離開座位，而無人發現。十分鐘後，他猜林寶旺想起了他：「欸，我高中同學呢？」有人會搶著回答，「去上廁所，上大號啦。」這時的他，已騎著二手野狼一二五，向著陽明山下而去，繞過幾個彎道後，他在一處居高臨下的路邊停住，身後是大門緊閉的國家安全局，他俯瞰雨後的夜空，山下一片燈火，閃閃滅滅，忽然有股激動，心裡發出「好美啊」的讚嘆。他考上工專化工科，到北部一年了，這是第一次，他站在這城市的邊陲，感到已然麻木的心靈，因眼前美麗的流螢夜色，而怦跳不已。

那以後，也不是刻意，他和林寶旺漸漸疏遠。

他來到了林寶旺家的小街，經過光線晦暗的雜貨店，顧店的老人胖臉低垂於胸前，百無聊賴坐鎮櫃檯的後方，沉沉午睡。貨架上盛裝零食的瓶瓶罐罐，久未開啟，布滿了塵埃。夏霖輕躡而過，回頭一瞥，怕驚擾了這百年的休眠。

雜貨店隔壁原應是家米鋪，但沒有了，印象裡還有家理髮店，理髮匠在家門口放置一張條凳，幫人理髮。也沒有了。夏霖擔心，再往前走幾步，莫不會發現林寶旺家的中藥鋪也沒有了？

終於，他看見了久違的、漆成埃及藍的兩扇式木製大門，心裡的懸念，如石頭落地。色澤偏淺淡的埃及藍更淡了，透出木頭斑駁的痕跡。夏霖記得，往昔林寶旺家明亮如一盞燈的藍色大門，彷彿與南台灣一年三百天的蔚藍天空銜接。

大門虛掩著，夏霖顫巍巍推開門，朝屋內探頭張望。屋內空蕩，昔時進門即是櫃檯桌和面壁的藥材櫃，以及原該坐滿求診病患的木製長條凳，顯得孤零零。這老屋是一頭安靜等待轉世的獸。

菲律賓臉孔的女孩，朝著夏霖走了過來。她靦腆地問了句：「你找誰？」女孩的身後，老人推開了布簾，那是林寶旺的中醫師父親，他走上前問：「你欲提藥仔，抑是欲看病？」

他們坐著說話，看護西蒂從雜貨店買回一瓶優酪乳，老醫師倒了一杯遞給夏霖，以醫師的口吻提醒他：「優酪乳很營養，要多喝，對身體好。」

南方暑熱的夏季尾，老醫師襯衫西褲，維持著齊齊整整的紳士風度。他慢條斯理述說著家庭的變化，三年前，林寶旺母親過世，他讓林寶旺放棄這裡，帶著老婆小孩搬往嘉義，在他姊夫的工廠上班，這裡獨留他一個人看顧。兒女替他請了看護，照顧他生活起居，是嘉義那邊工廠借調過來的，他身體健朗，還沒有資格申請外籍看護。

老醫師說話的語氣平和，臉上的氣色紅嫩，看來是養生有術。「我猶會當節脈看病，精差患者較少矣。」說著，老醫師起身，帶著夏霖往裡屋走，裡屋外面，棚架下，看護西蒂正熟練地輾切著中藥材。

夏霖好奇問：「林寶旺不畫畫了嗎？」

老醫師搖搖頭，「早就不畫了，飼某囝較要緊嘛。」

這話，讓夏霖感到意外，他千里迢迢而來，想見識畫家的生活，但林寶旺不畫畫了。

夏霖感覺心裡的某個地方，忽然被狠狠拉扯了幾下。

老醫師露出羞怯的笑，說：「現在換我來畫圖，不看診了，畫圖真趣味。」他把看護西蒂叫了過來，告訴夏霖：「我嘛教西蒂畫圖，伊愛畫貓仔狗仔佮囡仔。本底我欲綴伊學英語，伊較巧，煞先學會曉國語佮台語，閣會曉畫圖。」

他們轉身回到屋內，夏霖跟隨老醫師去看畫。前廳以布簾隔出一間隔間，裡面有扇小窗，陽光從小窗穿射進來，溫柔的光影鋪在地面。這裡是老醫師的畫室，放著畫架，地上則堆置著顏料、木框。老醫師指著畫架上一幅未完的水彩畫，說：「我咧畫細漢時，阮阿舅徛家後壁有一條灌溉用的圳溝。你看，細漢時阮佇溝仔底泅水。」

畫布上，幾名裸身的小孩，在泛著藍色光影接近透明的溝渠裡，翻滾玩耍，黝黑野性的臉孔像一朵朵奇花異蕊，全然綻放。

老醫師筆下全是南台灣遼闊的自然景觀，綠色的河川，遠方的山巒，屋脊兩端微翹的三合院民居，唯一的一幅肖像畫，畫的是他過世的太太。醫師娘儀態端莊，表情溫婉，近老以後的她，再沒有當年四處拜佛求取家族香火暢旺的強悍。畫裡，她懷抱剛滿月的長孫，眉宇間有著願望滿足後的平靜。那是老醫師唯一的一幅較大尺寸的油畫，「還不太會用水性油畫的顏料，畫得不好。」他說。

夏霖靠近畫作，伸手指向畫裡的嬰兒，問：「這是林寶旺的小孩？」老醫師臉上堆起笑容，眼睛細瞇成線，說這男孩排行老大，後面還有兩個弟弟一個妹妹。最小的妹妹是回鄉後生的。

夏霖和燕子只生了一個寶貝女兒，而從台北返鄉的林寶旺，卻一共生了四個。四個孩子啊，夏霖覺得不可思議。

婚後，夏霖接到林寶旺的畫展邀請卡，那時他們超過十年不見了。畫展在飯店的展覽廳舉行，他特地帶著燕子前去，盼望見到林寶旺，介紹新婚妻子給老朋友，當然也有意向妻子炫耀自己的畫家同學。可惜林寶旺不在展場，他們撲了個空。

回家後，燕子問夏霖，你這個同學畫什麼呀？就在畫布上，刷過來，刷過去。夏霖無法回答，他只懂國畫，林寶旺畫的這種抽象派，他說不出喜歡或討厭的道理。

現在，這老屋子裡全都是逼真寫實的風景畫，畫的是夏霖久違的豔陽南方，一個小小的隔間畫室，轉一圈，彷彿置身油綠色澤的鄉野田間。夏霖不免好奇，問老醫師，寶旺後來怎麼會去畫抽象畫？老醫師聳聳肩，說：「我毋知，這是畫家的祕密啊。美術系讀四年，變按呢。」老醫師說話的語氣，略有些貶抑，但他是瞇著眼笑著說的，感覺又十分通達。稍頓了一下，老醫師又國台語夾雜地說：「我捌聽寶旺講過，仔細觀察我們生存的世界，山的形狀、河的形狀、街道的形狀，很多是沒有規則的，沒有一座山長得一模一樣啊，抽象畫大概是畫那些沒有規則的東西吧。可惜我不會畫，我看不見那些沒有規則的東西。」

夏霖習慣用國畫去理解藝術，花鳥人物山巒溪澗，雖然都有具體的形體，卻又超越形體，僅擷取一節樹枝，枝節處冒出一節梅花，就算體現了大自然；這是國畫對自然世界的微觀。山水就比較接近西洋的抽象畫，有時雲海裡層層疊疊，你說那是石頭還是山頭呢，表層看是石頭，往雲層的深處看，就是高遠的山頭了。畫家大概真看見了沒有規則的自然現象。

他們走入通往廚房的廊道，這裡的牆壁掛著幾幅造型怪異的色鉛筆畫。老醫師指著畫說：「西蒂畫的，人和貓仔和狗仔，都是倒過來的，頭跑到地上去了，這也算是抽象畫？」老醫師和西蒂並肩站立，互相看望，一會兒後，忽然發出一串歡快的笑聲。他們發現了什麼，夏霖沒有追問。

準備告辭了，夏霖從畫筒裡取出林寶旺的畫。老醫師看著畫，說：「這幅畫，我見過。寶旺說，他特別多加了金色。他畫的是靈性的世界。」

夏霖這才注意到畫面裡大量的金色，幾乎統御了藍綠黑三種顏色，即使綠色與金色大多疊合，但並非規律性的，看起來像隱藏著一股神祕。原來，這即是林寶旺十七歲時告訴過他的，信仰與靈性。想及此，並無惡意，夏霖忽然呵呵笑出了聲，他是個對神明不敬的外省仔，怎麼看，都覺得那奪目的金色，像極了傳說中磷化氫氣體從地底冒出來的鬼火。

他跟老醫師解釋，某次畫展，他以有限的財力買下這幅〈秋色．返〉，因為用的是妻子的名義，林寶旺不知道夏霖收藏了他的畫作。但他買的時候就想著有朝一日，將送還給林寶旺。老醫師狐疑地問：「你花錢買的，為什麼要還給寶旺呢？」

夏霖說：「他的畫都賣給了別人，自己應該沒有保留吧？我想為他保存一幅畫，雖然我看不懂。」

「你有影老實人，畫家當然會藏私啊，除非窮到沒錢吃飯了。」說著，老醫師臉上又露出了菩薩般仁慈的笑容。

他們來回地推託，最後，夏霖同意老醫師的建議，用老醫師的一幅畫來交換。雖然超出了夏霖原先的計畫，但也沒有其他辦法了。

老醫師陪伴夏霖走到巷口，老人一眼瞄到倚在牆角的雞丁，靠上去反覆撫摸，喃喃著：「吼！遮爾大台，真勇！」夏霖覺得老人說話時的模樣，彷彿在寂寞的黃昏歲月，仍然奮力擁抱著什麼。

父親過世後的農曆新年，夏霖弟弟來電，邀請他們回老家過年，弟弟說：「回來過年，跟以前一樣，別客氣啊。」

夏霖找了個理由，說結婚三十幾年，燕子沒下廚烹煮過年夜飯，她想試試身手。親兄弟間說著各自的客套辭令。

燕子曾經問他，覺得自己是台南人，還是台北人？那是婚姻生活裡無關緊要的一句交談。燕子問得隨興，似乎也不在意得到什麼樣的答案。當時他卻是慎重的想了一會兒。

初入社會，夏霖在一家生產家用清潔劑的公司行銷產品，同事間偶爾聚會吃飯，填飽肚子後轉往卡拉OK店唱歌。有位同事，鹿港人，拿起麥克風扭腰嘶吼：「台北不是我的家，我的家鄉沒有霓虹燈……」藉機發洩離鄉在外的失落。某日午休，鹿港人拿了張紙，手寫著羅大佑另一首歌的歌詞，問他是否有過同樣的心情，「那是後來我逃出的地方……」他特別用紅色原子筆在歌詞下方畫了底線。歌中所謂逃出的地方，指的是歌名的〈家〉，鹿港人曾經和羅大佑歌詞裡寫的一樣，想從鹿港舊鎮逃出去。夏霖想起自己，退伍後扛著黃埔大背包，沒回家，直接上了台北。當時他的心情的確是一種逃；他始終在逃，逃出家庭、逃出南方，甚至逃避最後成為溫情的羅大佑，歌詞裡那一句「也是我現在眼淚歸去的方向」，他嗤之以鼻，覺得俗濫。

他忘了當時是怎麼回答鹿港人的，但他非常認真地回答了燕子：「平常覺得是台北人，有人提起時，才會覺得是台南人。」

夏霖在路邊停下，給燕子打電話，報平安。他告訴燕子：「林寶旺爸爸送了我一幅畫，中藥鋪半歇業了，反正沒人來看病。他爸爸突然著迷上畫畫，家裡掛滿了他的畫。真奇怪，人為什麼突然間著迷起畫畫？」

夏霖略去了和老醫師交換畫作的一段，燕子不知道他用她的名義買下林寶旺的〈秋色．返〉。誰都有祕密，他相信燕子也有，所以，他不會因為偷藏了幾個不痛不癢的祕密，覺得對不起誰。如果人的心靈是一塊拼圖，切割成無數的塊狀，那麼屬於祕密的那一塊，可能是人最執著不放的地雷區，誰都碰不得。

他向著市區加速飆去。一小時後，他把車停在市區的友愛街。他肚子餓了，很餓，飢腸轆轆。他走進友愛市場，找了間小吃店，點了土魠魚羹麵，怕填不飽，再加一顆素粽。如今的老府城成了觀光區，隨處的飲食攤掛著招牌號稱傳統美食，傳統成了廣告用語。關於這座城市的食物，不知不覺間，夏霖學上了他父親的刻薄，他父親總是以嘲諷的口吻笑罵當紅的商家，「他老爸不識字，原本在保安宮大溝頂推車賣當歸鴨⋯⋯」

夏霖父親對吃有嚴格的標準，他們家尤嗜吃肉食，豬肉萬歲，豬蹄膀萬萬歲，但豬內臟不可以，豬頭可以。他父親剛退休的前幾年，三不五時燻烤整張豬頭，他在豬鼻子處穿根線繩，掛在機車把手上，慢悠悠騎著車回辦公廳，送去給提攜過他的長官。

小霏結婚前的冬天，夏霖父親在睡夢中過世。冬天是最靠近死亡的季節，同時間新聞裡出現幾位名人，都是悄無聲息躺下便走了。他父親退休後往來的朋友不多，喪事辦得簡省。主要是夏霖的弟弟操辦，弟弟也接收了父母留下的四層樓透天厝。對夏霖來說，這是最好的結果了。他那性情嚴厲的父親，甚至沒有受到疾病的拖磨，在距離死亡最近的時刻，受到了老天的眷顧。

傍晚時分，巷道裡瀰漫褥熱的餘溫，熱食讓夏霖額頭汗濕，他順手抹去，大口吞食沾著花生粉的素粽。

某年夏天，他媽媽一手牽一個，領著他和弟弟來到友愛街，他們吃一碗兩塊錢的土魠魚羹麵，麵碗大，加入大量烏醋，是他和弟弟的最愛。他媽媽愛美，為了減肥，笑盈盈看著他們吃。

吃完，他們到對街的洋服店，他媽媽花了好長的時間，攢下一筆錢，在店內買一件日本進口的洋裝，領口鑲了一圈白色皺褶的蕾絲，他覺得好看極了，他樸實勤儉的媽媽，瞬間變成了貴婦。但弟弟卻怒目微瞪，警告媽媽別穿這種洋裝到學校。

夏霖想起和媽媽相處的時光，總是不自覺嘴角含笑，覺得身上仍懷有稚氣，擁有母親的愛。但是，所有跟父親有關的記憶，卻都屬苦澀。

他爸爸升職加薪那一回，他們到友愛市場吃鱔魚意麵。他父親對吃的固執，已達極致，要求店家現殺、現炒。一家四口站在店門口冒著火光的爐台旁，等待著。夏霖看著他父親認真的樣子，心裡漸漸升起一股怨氣，從肚子滿到了喉嚨。忽然，他拔腿奔跑。友愛街是條商店街，他用力地跑，感覺一家家商店也跟著他跑；他看見媽媽去過取名銀町的洋服店，櫥窗裡模特換了新洋裝，一件黑白碎花加黑色高腰帶，一件米色底鑲音符圖案，不知他媽媽會選哪一件？洋服店隔壁的美麗都美髮院，兩名美髮小姐坐在店門口吃豆花；再過去的麵店，店門外永遠排著人龍；賣干貝、香菇的海渡百貨、賣自製豆腐的府城豆腐、賣菸斗的骨董店，這些商店，他從來沒有踏進去過，此刻卻都跟著他跑。

半小時後，他坐在家門外的盆景邊緣，挨著餓，等家人吃完鱔魚意麵回來。他知道，又惹父親生氣了。果然，他父親整晚嚴厲地責罵他，以致他無法專心應付次日的考試。那以後，他隱約懂得了一個道理，他父親從不拿棍子責打，但言語的辱罵更甚。而他羽翼稚嫩，無法飛，無法逃，他必須看清楚這一點。

父親過世後，夏霖感覺對父親的怨懟，漸漸淡了。他又領悟了一個道理，在努力成為理想男人的過程中，男孩總是莽撞地想要擊倒些什麼，和父親之間的衝突，應屬男人與男人間的對撞。如果知道一切枉然，自己並未因此成為更好的人（還被老婆奚落成變態），或許，在家的時候可以過得好一些。

父子與父女的關係很不同，譬如他和小霏，未必感情親近，卻相安無事。對此，夏霖感到安慰，是僥倖的安慰。

親緣很難解。他媽媽五十七歲過世，他常常感到悵憾，媽媽是沒有福分的女人。悵憾中，他察覺自己心裡，竟有一絲解脫，解脫感又混合著自責。父親過世後，這樣的心情又再出現，悵憾、解脫、自責。

從友愛街轉西門路，左後方一大片高低錯落的民房，其中一戶，是夏霖家最早住的磚造宿舍。他早聽弟弟說，舊家已改建成里民活動中心。

此刻，夏霖站在了舊家圍牆的外面。房子的方位並未改變，新建的水泥建築，保留了圍繞建築的綠地。當年夏霖家的芒果樹依舊巍峨，屹立在圍牆邊。小時候他和弟弟用一條長竹竿，挑打樹上的土芒果，整個夏天，他們天天吃。

升高三的暑假，是個可資紀念的假期，夏霖做了許多事情，學畫畫練書法，整理父親長年收集的郵票，以及和同學騎自行車，沿著後來才有的黃金海岸線，到興達漁港。他從海邊拾回一顆橢圓型的石頭，花了些心思，用雕刻刀刻上一尊胖圓臉，下弦月般的眼睛，看似在笑。他把石頭樹立在後院的牆角。

那個炙燒發燙的夏天，夏霖彷彿自知過了這個命運交岔口，一切就被決定了。或許因為這樣，他鎮日焦躁，找了許多事情來填補空虛。

當年的磚屋已然拆毀，從位置研判，石頭應該埋在圍牆的中段，也就是現時水泥建築的側面。但新修的水泥建築可能向外擴張過，屋側的排水溝已填蓋。隔著圍牆張望，那個位置是一片照顧得柔軟乾淨的綠草地。

也是那年暑假，他和父親發生爭執。父親問他，即將升上高三，是否想好將來的志願，他覺得好笑，父親可能不知道，沒有幾個升高三的同學想好了自己的未來，於是，便隨口應付父親，「做個小生意吧。」他父親喜歡摧折他的自信心，厲聲罵他：「沒出息，做個小生意這麼容易嗎，沒本錢，在孔廟旁邊擺個地攤你都別想……」他父親無止境的責罵，總是令他害怕，不知這樣的責罵什麼時候結束，於是，求饒似的改口說：「那我當總統吧。」他父親繼續罵他：「你就是不切實際，世界上有幾個人可以當總統的，你用大腦好好想想……」當時他手中正替父親掐頭去尾摘折豆芽，憤而將整盆豆芽摔在了地上，用力的程度猶如想要殺死眼前這個老頭子。如今想來，他的舉動，猶如一場笑話。

離去前，夏霖一轉身，眼角餘光瞄到雜草堆裡有顆特別圓潤的石頭，或許是他當年埋入的海邊之石。

半個月前，夏霖弟弟跟他討論爸媽留下的房產，弟弟希望把夏霖的份額折算成現金，這樣，產權過戶給弟弟，兄弟倆就一南一北各自獨立了。至於折算的金額，弟弟參考市場行情，提出一個還算合理的數字。如果夏霖同意，弟弟說，直接寄草約給夏霖過目。夏霖同意了弟弟的要求，再沒有比這樣更好的了。他在電話裡跟弟弟說：「我回來一趟吧，我們當面談。」

路途中，他盤算著該怎麼跟弟弟談錢的事，做兄長的或許該退讓一些。他弟弟聽從朋友建議，在家裡安置了神龕，選了良辰吉時，迎接夏家祖先入祀，夏家一脈正式在台灣落地生根。弟弟也替父母親擺設了牌位，早晚捻香，孝順綿延。光是這份守護家族的心意，身為兄長，他不能不買這個帳。兄弟分清家產後，他在這座過熱的城市所留下的狗屁倒灶的破爛記憶，也就不值一提了。

於是，他回來了。

●

下班後，夏霖搭捷運回家。中秋以後，天氣涼爽，出了捷運站，最近，他改繞到捷運後方的小公園，找張休閒椅沐風而坐，稍作停歇。呆坐的時刻，他腦子裡總是念頭紛陳。

譬如他問林寶旺父親，為什麼林寶旺不畫畫了？照老醫師的說法是為了養家餬口，真是這樣嗎？林寶旺的孩子應該跟小霏年紀相仿，養家的責任應該漸漸減輕了。

該不是遇到了瓶頸，走不出來？夏霖聽說過，畫家會陷入畫不出來的困境。遇到這樣的時候該如何自處，夏霖並不知道，休息，不是說休息是為了走更遠的路嗎？但人生通常無法準確計算，休息也可能從此再無回頭路。

那麼，老醫師沒有畫不出來的困擾嗎？他畫畫時腦海裡想些什麼呢？他是否想成為職業畫家？

夏霖記得，他問了老醫師這個問題。老醫師一本正經地說，近年住家附近成立了藝文園區，他偶爾去看畫展，發現有時候兩個畫家同樣畫秋天，一個橙色裡有黑色，另一個黃橙紅三色不同的層次。還有，明明畫菜園，一顆顆蔬菜圓圓胖胖，看來像一隻隻小綿羊。他說，畫家大概都有一雙獨特的眼睛。「畫圖真好耍，阮兜西蒂佮我做伙畫，伊嘛講畫圖真好耍。」老人家說著又呵呵笑了起來。

從很好玩進化到成為畫家，這之間的距離，究竟有多遠呢？在這微風颯爽的小公園裡，夏霖靜靜地想著這些難解的問題。

老醫師把林寶旺的電話抄寫在日曆紙上，遞給夏霖。當時老醫師笑得像尊菩薩，他說：「畫圖無定著欲作畫圖家。」

對某些人來說，畫畫的確不是為了成為畫家，但在夏霖的心裡，林寶旺怎麼可以放棄呢？「他父親可以，我可以，他不可以。」夏霖希望林寶旺重新拾起畫筆，而他會繼續忠誠地購買林寶旺的畫。如果林寶旺不再畫畫了，對夏霖而言，這是一整個世界的消逝。兩人去大道公廟那一回，他慎重地叮嚀林寶旺：「你去念美術系吧，別管我。」

在他跟老醫師的交談中，他曾問，林寶旺的畫賣得好嗎？老醫師兩眼望向窗外目炫的陽光，低聲說，現在的藝術不一樣了，有人躺在冰塊上，說這是藝術，有人畫菜園裡一顆顆芥菜，看起來卻像一隻隻的小綿羊，也是藝術，聽說有人在畫展拿著手機玩，也說是藝術。「這是林寶旺跟我說的，伊嘛問我，啥物是藝術？」老醫師的臉上依舊透著溫暖的微笑，他笑著說：「世間就是按呢，一直咧改變，有啥法度咧？有改變，卡趣味啊。」

這麼說來，林寶旺是被擊敗了，他被藝術的潮流擊敗了？想至此，夏霖全身像被通電似的，感到肌肉一陣痙攣。

那以後，下班返家前，夏霖會獨自一人，坐在小公園的休閒椅上，想著那些找不到答案的大小事。快要入冬時，他仰起頭，發現遠方有座山，判斷方向，應是三峽那邊的山。在漸沉的天色與寒意深深中，遠山呈現出類似千層蛋糕的層次，他數了數，共有五層，每一層的顏色都深淺不一。

隔日，他又在傍晚時分去小公園看山，山不見了，剩下不遠處的樓房。他隔一日再去，刻意換一張椅子，換一個角度。這次他看到了提早降臨的晚霞，染紅了半邊天空。再隔一日，晚霞的形狀又改變了，晚霞變成了一座山，尖尖的山頭，山尖處飛出兩片灰色的雲朵。次日，他再去，這一次，大片的灰色雲翳像頂帽子，帽子下，橙色的霞光像一張人的臉。他舉起了右手，在與頭頂平行的位置，像名樂隊的指揮，揮舞了起來。不，他舉手揮舞的動作，像極了手持畫筆的畫者。他想起送回給林寶旺的畫，看似簡單，畫面上由左至右刷過來的壓克力顏料，藍與灰與綠與金色，他數過，一共刷了七筆。現在，他知道林寶旺命名為〈秋色．返〉的緣由了，那是秋日的夕暮，是夏霖的夕暮，跟靈性無關又有關。

那日返家，夏霖跟燕子說：「這個星期天，我要帶雞丁去三峽看山。每天的山都不一樣，太神奇了。」

他希望自己能夠追到山的腳下，從山腳的位置仰頭去看山的峰頂。燕子努起了嘴角，一副你又發什麼神經病的不以為然，但她並沒有攔阻。

花事

關於那棵杜鵑，是秀代十五歲那年，在座落於市郊小鎮的一間中學裡，最後兩個月發生的事。暖春四月的午休時間，靜寂的教室內突然傳來擴音器刺耳的聲響。

「三年三班，林秀代同學，請到訓導處，三年三班，林……」

同學驚訝的目光全都轉向了秀代，秀代停下手指上甩動的原子筆，起身奔出教室。

穿過陽光遍灑的走廊，下樓梯的時候，迎面走來的王致慧老師，忽然對著秀代和顏悅色地微笑。王老師是才踏出師範的年輕國文老師，膚色略黑，一雙被眼鏡遮住的眼睛，透出犀利的目光。或許因為牙齒略微有些凸出吧，她是不常露齒微笑的，緊抿的嘴總給人嚴肅，甚至年輕氣盛之感。

昨天，王老師在作文簿裡給秀代的評語是：「文章要有伏筆。」在命題作文裡，秀代記述了一場恐怖的夢境。王老師的評語是責怪秀代超越了命題範圍嗎？那是秀代自己也不知道該如何解釋的心情，她覺得，夢裡出現的事物絕非偶然，夢境也是一種現實。但王老師可能認為那不是真實的。

一想到作文簿裡的評語，秀代就極不願意單獨和王老師面對面地碰見，她向老師一鞠躬，便加快腳步跑下樓去。

就在樓梯的轉彎處，秀代依稀感到王老師正在她的背後，緊緊打量她的背影。那是因為擦身之際，王老師瘦長的頸脖很自然地順著秀代去的方向轉動，有一瞬間，她們的目光還剎那的疊合，隨即又在尷尬靦腆中分開。

然後秀代就一口氣跑向了訓導處。當她站在訓導處的門前，那掛在門框上「訓導處」三個木刻的大字，彷彿隨著她怦然的心跳而搖動了起來。

這時，秀代聽見教化學的張克禮老師，在訓導處長形的辦公室裡興奮地叫嚷著：「這是軟枝黃蟬嘛！軟枝黃蟬又叫做、啊，黃櫻——」

張老師說話的時候，一雙特別長的手臂，總是習慣性地左右擺動。

一年級剛入學不久，秀代上學遲到了，在樓梯口遇見這位山東籍的張老師，當時，老師用力揮動著手臂，大聲說道：「快喲，快喲，趕快進教室！小心喲，不要被訓導主任看見囉。」

這樣的張老師給秀代留下了很好的印象，覺得他是站在我們這一邊的。我們。

升上三年級，張老師成為秀代那一班的化學老師，秀代這才能夠很近地看他每一個略為誇張的動作，她甚至以一種「看你接下來怎麼辦」的心情，看著張老師操作實驗時，一雙遲鈍的大手。

不小心打翻燒杯那一次，秀代眼見張老師慌亂躲避四濺的硫酸液，臉色一剎間就緊繃了。收拾完畢，張老師才莞爾一笑，接著用他那山東腔的大嗓門自我解嘲：

「還好，還好，就襪子燒破一個洞。」

在打翻硫酸液的過程裡，張老師毫無掩飾地在學生面前流露出他完整的性情，他的驚懼，他的粗莽，他的一張變色的臉，在一陣細微的皮膚收縮間，逐漸地從慌亂回復平靜。

「妳是林秀代，進來呀。」是訓育組長在朝秀代揮手，秀代一步一步靠向他的桌邊。

「這兩盆花，是妳父親剛才送來的，很好，啊，簽個名，回去替學校謝謝妳父親。」

秀代沒有想到，父親會送盆景來，一時間，她愣住了。訓育組長繼續說：「照規定，妳可以選一盆花，放在妳們班上的走廊，啊，妳要選哪一盆？」

張老師從秀代身後擠了過來：「軟枝黃蟬是爬藤的唷，種杜鵑吧，杜鵑好，杜鵑好，開花又漂亮，我來替妳搬。」

秀代這才醒轉來似的，望著訓育組長桌邊一盆弱小的杜鵑。圓圓小小的葉片，疏落地鑲嵌在盤伸的枝枒上，那姿態有幾分酷似蠻橫不講理的小螃蟹。

而現在，這像隻螃蟹的陌生植物，將是屬於秀代的了。秀代的心中，隨即充血似的湧起一陣狂喜。張老師幫她抬起杜鵑，她跟在他的身後，昂然地步出了訓導處。

那是前天的事了，秀代把學校發下的通知單交給父親，但父親並沒有立即答應送花給學校，秀代也根本不曾寄望父親會依照通知單上所寫，為了美化校園環境，發起學生家長捐贈盆景的活動。

父親為什麼要認真地送盆景到學校呢？這一點委實令秀代不可思議。除了家長會的人，沒有學生的家長會認真響應的。

張老師把杜鵑放在靠近教室的走廊上，揮揮手，走了。秀代走進教室，一坐下，就忍不住朝門外望去，斜眼間，正好望得見杜鵑的全貌。

同學中有幾個好奇的出去看秀代的杜鵑了，秀代滿足地笑著，笑著把臉頰輕輕貼在桌面上，以這樣的角度去看杜鵑，似乎又不太像螃蟹了。

●

父親沒有提及送盆景的事，秀代的心情就始終起伏不定。吃過晚飯，父親默默離開家，秀代照例幫母親縫製代工的外銷鞋面，明天要繳歷史和數學的總複習作業，秀代忍著沒說，母親一逕忙碌的臉孔，總令她感到不忍。

十點以後，讀夜校的姊姊秀瑾就快要放學了，父親才從外面回來。父親一進門，就趕緊幫忙把縫好的鞋面收拾堆放在一起。每一次，秀代看著父親臉上，一副過意不去的尷尬表情，對眼前這種乾枯彷彿缺少水的滋潤的生活，就無由地感到迷惘，但她慣常以沉默面對，漸漸冰封了自己。她的這種逆來順受的態度，倒好像是懷著敵意的頑抗了。

秀瑾回家後，將書包丟在桌上，從盛裝著工具的餅乾盒內，翻出橡皮手套，套在大拇指上，開始縫製鞋面。父親這才不經意地問秀代：「那個矮矮胖胖的，是妳們的訓導主任？」

「不是，他是訓育組長。」

母親抬起頭，手中的針線停頓在胸前。「你真的花錢去買盆景了？你這個人，就是死要面子。」

母親時常這樣抱怨父親，父親真是因為面子才送盆景給學校嗎？或者，真是像母親平日說的，父親為了面子而不願託人幫忙找工作？秀代咀嚼著母親的話，越發不能理解父親送盆景到學校的心情了。

放學的時候，秀代替杜鵑澆了些水，現在，她有些擔心起來。她問母親：「杜鵑該什麼時候澆水？」

「每天澆一次吧！你爸……只送一盆杜鵑？」

「還有一盆會爬藤的。」

「那比杜鵑好。」

「為什麼？」

秀代的「為什麼」剛脫口，專心在角落裡縫製皮鞋的秀瑾，已斜眼睨了過來，調侃地說道：「又問為什麼？妳的為什麼太多了吧？」

秀代不甘示弱，頂撞秀瑾：「又沒問妳。」

「媽，下次她再問為什麼，」秀瑾回頭朝向母親，故意把聲音壓得重重的：「就跟她說，自、然、現、象。」

秀瑾說完，顧自笑了起來，好像打了場勝仗。

秀代感到無趣，喃喃回罵了一句：「無聊。」順手將剛縫好的鞋面，向著秀瑾的頭頂拋去。

「秀代，進去做功課吧。」

母親突如其來，在秀瑾扳起臉孔前，朝秀代使了個眼色。

秀代如釋重負，脫下橡皮手套，把針插回白蠟上，轉身走向客廳後面她和姊姊的房間。

母親喋喋不休的聲音跟著傳了進來：

「一見面就吵架，妳們到底是一家人，還是仇人啊？妳爸爸嘛，就只知道大把大把地花冤枉錢，送盆景給學校，學校會給秀代加分數嗎？不跟人家去低頭拜託，人家會把工作送上門來嗎？」

秀代的眼睛很快就熟悉了房間裡黯淡的燈光。她打開書本，疲倦地望著書頁裡反射出一片不均勻的青色光。

●

半個月來，秀代每天給杜鵑澆水，對一株最普通常見的花卉，秀代漸漸產生了責無旁貸的情感，好像那就是她必須善盡的責任了。

早晨去澆水的時候，同班的陳素慧正好迎面從廁所出來。

陳素慧文靜、不多說話，白皙的臉看起來高不可攀，每一次秀代無意間碰見，心裡總是一陣惶恐，深怕得罪了她。

聽說陳素慧家裡是開玻璃工廠的。她在課桌的左上角放置了一只橢圓透明的玻璃杯，杯子裡永遠盛著半杯靜止的清水。早晨太陽光從她座位旁的窗戶穿射進來，透明玻璃杯內的清水，就晃動著同太陽一樣晶亮的光。

不可否認，秀代很討厭陳素慧和每個人都保持距離的冷淡。不知道有過多少次，秀代想像著陳素慧的透明玻璃杯，突然在靜肅的教室內啷噹一聲，爆裂開來，碎鑽般的裂片從窗戶飛出去。只有一次，秀代在恍惚間，竟然發現透明玻璃杯安放在自己的課桌上，但這樣的念頭一閃即逝，留給秀代無限的愧悔。

上週的國文課，由於同學們答不出王老師提出的問題，而一個一個被罰站，秀代的視線一下子被站著的同學遮蔽，好像同學站成了一棵一棵的樹木，而她置身在黑漆漆的森林裡。

王老師的聲音裡慚漸有了怒氣，年輕的她，想不到在這個備受寄望的前段班裡，大半的學生寧願被罰站，卻答不出她提出的問題。

秀代注意到王老師不服輸的性格，就快給激怒了，她幾乎以下賭注的心情，指著靠窗的陳素慧說道：「妳是模範生，妳說說看，具體，相反的意思是什麼？」

陳素慧木然站起，一語不發地垂下臉，以致秀代恰好從樹的縫隙間，看見了她畢挺秀逸的鼻子。

「用大腦想想啊，我就不相信全班五十個人，沒有一個答得出來，模範生怎麼當的？」王老師失望又倔強，一張硬板著的臉孔跟同學們對峙著。

幾秒鐘之後，王老師開始在講台上緩慢地移動步伐，一面像是自言自語，喃喃著：

「答不出來，就全部給我站著……我不相信，我就是不相信，全都只會考試，不會用大腦……等吧，看誰能回答……」

教室裡陷入一片沉默，春日的暖意在肅冷的氛圍中，逐漸蒸騰出一股焦灼。

秀代的腦中開始湧進一股壓力，那是從喉嚨間發出的具體……具體……匯聚而成的。

王老師的表情捉摸不定，不斷變化著。

秀代試探地以極低的聲音，低聲自語。

王老師鋒利的目光，像磁極一般，朝秀代投射過來。「誰？林秀代？」

教室內更加安靜了，同學們面面相覷。半晌，在同學們渴盼的注視下，秀代孤注一擲地說出：「抽──象。」

王老師停頓了一會兒，放緩了語氣說：「嗯，統統坐下。」

她幾乎是全班最後一個坐下的。王老師繼續講課，但陰晴不定的臉色，卻令秀代在短暫的平靜中，忽然激動了起來。是她拯救了全班同學啊！

好長的時間，王老師臉上一塊青一塊白。因為陳素慧是班上選出來的模範生，而她卻回答不出老師簡單的小問題。眼看全班三分之二的學生呆愣地站立著，是這樣的尷尬窘迫，刺傷了王老師的自尊吧。秀代確信王老師有幾分感激她。

陳素慧默默從秀代身邊過去後，秀代專心地給杜鵑澆水，澆完水，便定定地凝視成長中的杜鵑。

剛升入國中的時侯，秀代在學校尚未完工的大樓裡，發現一條通往陽台的樓梯。她和初識的孫亞雲相約在這裡，漫無邊際說著小女生的閒話。孫亞雲跟著舅舅住在小鎮熱鬧的大街上，她舅舅經營一間簡陋的茶室，茶室的阿姨空閒下來，就帶著她學跳扭扭舞。孫亞雲在秀代面前款擺腰肢，一面洋洋自得地解釋給秀代聽：

「扭扭舞要用腰的力量，不能用屁股的力量！別笑嘛！那些阿姨就是這樣教我的。」

孫亞雲忘情跳舞的樣子，令秀代深深的眩惑，秀代隨著她扭動，卻始終捉摸不出肢體的韻律，偶爾，她坐著欣賞孫亞雲成熟的舞姿，望著望著，便微微驚覺到自己就快要墮落了。

大樓完工後，她們升上了二年級。秀代被分到二年二班，孫亞雲在後段的八班。每次經過八班的教室，秀代總會不由自主向裡面探望，她看見孫亞雲剪了短短的頭髮，在教室內放肆嘻笑，她愈來愈高躿的身體，嘻笑時翹起下巴的樣子，竟讓秀代和懼怕墮落一樣，感到羞澀。

和孫亞雲躲在樓梯間跳扭扭舞的時候，秀代心裡時常浮起一種隱微的喜悅，一如她此刻和杜鵑之間互相臣屬的關係。但後來，秀代發現孫亞雲已是另一個世界的人了。

這世界的歡樂是什麼？

閃光愚弄著黑夜！

秀代曾在報紙副刊上讀到這首從外文翻譯過來的詩，她把只有三句的短詩，工工整整抄錄在課本最後一頁的空白頁裡。有陣子，她著迷副刊上刊載的詩，有時候還會認真地背誦。那些似懂非懂的朦朧世界，滲進了秀代的心中，她從詩句去想像，一定還有什麼未知的東西，藏在她尚未讀到的詩句裡。

喜悅是這樣短暫！

喜悅是這樣短暫！

秀代念完短詩的最後一句，才意識到自己是對著杜鵑朗讀的，曾幾何時，她的杜鵑裝載了她難以言宣的內心私密。她想對杜鵑說聲抱歉，她喜歡的詩，總是這麼黯淡，像喜悅一樣的短暫。

她看見一道陽光，正快速從杜鵑的細枝間穿過，沉入光影中的杜鵑葉片，恍若自夢中甦醒。

連秀代自己也不明白，何以會把杜鵑視為人格化的傾訴對象，一遍又一遍，好像杜鵑成為了她心靈的寶盒，她打開寶盒，如同打開心中的鎖。想到自己的愚癡，秀代不禁感到一陣紅熱，爬上了臉頰。

她轉身跑回教室。坐下後，習慣性地俯身下去。秀代每天都要用這樣的姿勢，臉頰貼著桌面，斜看門外的杜鵑。從這個角度可以更清楚地看著杜鵑一點一點在太陽的光影中變化著。並且，在眼睛所及的範圍內，不再有黑板、課桌椅、講台，既有的一切全都拋置在身後。她的眼前，只剩下一扇門框，門框的中央放置著杜鵑，她就靜靜的，像在欣賞一幅靜物畫。

雖然，這只是短暫的幻覺。

●

幾日來，在靠近杜鵑根部的地方，突然抽出了一枝新芽，秀代的心情變得分外急切，去看望杜鵑的時間也越加多了。

別名滿山紅、映山紅、躑躅。多年生常綠或落葉灌木。種類千餘種。葉橢圓。秀代從字典中翻出所有關於杜鵑的解說，包括一種同名也叫杜鵑的啼血鳥，布穀。

秀代暗喜，她要等待證明自己的杜鵑，是常綠、永不凋萎的花樹。

轉念間，秀代又有些黯然，花開的時候，她已經離開這座生活三年的學校了。

一個細雨霏霏的早晨，秀代剛踏入女生大樓二樓的走廊，就發現杜鵑不見了。秀代到樓梯轉角的陰暗處去找，甚至站在女生大樓和男生大樓交界的長廊，向男生大樓那邊伸長脖子張望，兩棟學生大樓，忽然間看不到一棵綠色植物。

這一天，學校裡發生了邱玉珠被訓育組長掀開裙子毆打屁股的事件。

邱玉珠跟秀代不同班，她是學校民俗舞蹈隊的女主角。最近舞蹈隊正在辛勤排練一支叫「月之禮讚」的台灣阿美族歌舞，準備在畢業典禮的晚會上，向應屆畢業生的家長們表演。校長視察的時候，對這支已練習一個多月的舞蹈，不甚滿意，向負責籌畫的訓育組長表示：「這種東西……太粗野啦。」

兩天後，訓育組長正式宣布「月之禮讚」停止練習，畢業典禮晚會上的表演節目改成「苗女弄杯」。也就在這個時候，邱玉珠在眾目睽睽的禮堂內，因為言語頂撞，遭到訓育組長以藤條鞭打屁股。

平淡的校園忽然掀起了波瀾，同學間隱隱地騷動著。秀代從同學的議論中，約略勾勒出整個事件的輪廓。她想像著，訓育組長當真如同學的傳言，事後悔恨不已，失聲痛哭的情景。

訓育組長為什麼要後悔呢？後悔更換舞碼，還是後悔責打了邱玉珠？一個中年男姓未婚的教師，蜷縮在禮堂的角落，兩手掩面悲泣，難道僅是為了一名女學生？還是發生這種事，對他會有不利的後果？

那次從訓育組長那裡領回杜鵑，臨走時，訓育組長不經意在秀代頭上摸索了幾下，秀代全身的神經立即抽緊了。難道訓育組長是因為心理變態，才掀開邱玉珠的裙子？

秀代和邱玉珠雖然不同班級，卻有過一次美好的相遇。那次，兩人為了躲避體育課，不約而同在操場角落，無人的水窪旁遇見。邱玉珠身材高而瘦，她幾乎是存心向矮小的秀代挑釁，她脫掉鞋襪，在水窪裡縱情地踩踏，冷不防哈哈笑著，向著秀代踢起漫天的水花。

邱玉珠安靜下來，伸長了腳，在陽光下曝曬，大概為了打發兩人間的陌生，她找來一些話題。她毫不害羞地告訴秀代，希望將來嫁一個像父親一樣的丈夫，年紀大一點沒有關係，丈夫會像父親疼愛女兒，為她添置很大很大的洋房，有很大很大的庭院、停車場、噴水池、陽台。說話時，她的兩隻手，不斷比畫著她心目中的很大、很大。

「我爸爸已經死了。」邱玉珠幽幽地說，一雙長睫毛底下的大眼睛，忽然好奇地瞪視著秀代，「妳呢？」她問。

秀代從未有過任何的夢想——如果每個人都將擁有夢想，屬於秀代的，像埋在泥土裡尚未發芽的種籽。被邱玉珠突然的一句妳呢，秀代嚇住了，但她不願把驚訝表現出來，在超齡的邱玉珠面前露出驚訝，等於暴露了自己的無知。

邱玉珠又以炫耀的口吻告訴秀代，等她中學畢業，她媽媽會栽培她去當歌星。秀代心想，那麼，參加學校的民俗舞蹈隊，就是基於將來要當歌星，而預先奠定基礎吧！

秀代聽得興起，特別提醒她：「到時候，妳就宣傳是民俗舞蹈隊的女主角！」

邱玉珠果然成為舞蹈隊的台柱，還自己花錢特製了一套漂亮的阿美族服裝。秀代猜想，一定是因為這樣的緣故，邱玉珠才不服學校更改舞碼的決定，要求訓育組長爭取「月之禮讚」的演出。邱玉珠爭強好勝，大概沒有料到事件演變成挨打的結果吧，而這樣的結果，對她當歌星的前途會有多麼的不利啊。

秀代曾經盼望邱玉珠的夢想能夠實現，想到不久的將來有個成為歌星的同學，真真令人快樂。但邱玉珠的未來，因為挨了訓育組長的打，恐將受到不良的影響。記者會在新聞裡形容她是惹事生非的小太妹。有了這樣的推想，秀代越覺不甘，便夾在同學們激烈的議論中，跟著高聲叫嚷：

「邱玉珠是無辜的……邱玉珠是無辜的……」

放晴後的這一整天，秀代始終意興闌珊，偶爾想起杜鵑和邱玉珠，身體內的血液，便快速地上下奔流。

降旗典禮過後，走廊上疏疏落落地有人走過。秀代走在他們中間，經過校門口，她停下腳步，看了一會兒興建中的「景園」，用鐵絲網圍隔起來的庭園預定地，隱約可見一片盎然了，秀代抓著鐵絲網，竟望得出神。

「林秀代！」

她聽見一聲輕輕的叫喚，猛然回過頭去。

「是誰呢？」秀代暗忖。她的右手食指在剛才猛然快速的回頭中，被鐵絲網劃過，手指很快地紅腫起來。

她只看見一個矮小的身影，若無其事地通過穿堂，向男生大樓走去。秀代看不見他的臉，也不能確定就是他在喚自己的名字。

一定是惡作劇吧？秀代一面猜想，一面按捺住怦然跳動的心臟。

回到家，空蕩的客廳，茶几上堆放著一疊尚未縫過的黃牛皮，她心裡立即浮出一股重量感。

秀代步入廚房，拿出飯鍋淘米。

淘米時，她猶豫地問自己：「杜鵑的事該不該告訴爸爸呢？」

手指紅腫的地方浸泡在水裡，辣辣地疼了起來，秀代的眼角迸出幾滴眼淚。

●

天還未亮，秀代忽然從夢中驚醒。

她回味著剛才的夢，一根細絲線繫著一顆透紅的蘋果，在夢中輕輕地搖晃。秀代伸手，想抓住，卻在即將抓住的瞬間，蘋果搖盪了開去。

房間裡，只有微弱的一線天光。秀代跟秀瑾同睡一張上下鋪的床，秀瑾帶著鼻音的呼息聲，在沉寂的房間內，像脈搏跳動般起伏著。

隔著一扇木板牆面，隔壁便是秀代父母親的房間。父母親吵架的那一次，母親整理好行李準備離家，秀代跟在母親身後。兩個人都淅瀝瀝地哭，母親一面抽搐，一面厲聲地數落她：「不要哭，家裡又沒有死人，哭什麼……不要哭，聽見沒有？」

母親坐在客廳的門口，並未離去，秀代不明白，下定決心離家的母親還在等待什麼。不久，鄰居來勸架，母親抓住機會便哭訴起來：「機會來了，他不要，他要顧面皮，我去求人家，還不讓我去，我是求人家給這個王八蛋一份工作，我這樣做也錯了嗎？他就為這個跟我吵……」

秀代很討厭好事的鄰居，她們裝出一副同情的模樣，來安慰母親。「好像真的一樣！」她忿忿嘆了口氣，轉身走開，到房間裡去央求父親。

「爸，不要再跟媽媽吵架了。」她蹲在父親的床邊，低聲地說道。

父親閉著雙眼假寐，他沒有理睬秀代。秀代以為自己夾在父母親中間，有份責任，看到父親冷淡的態度，她心灰意冷，從父親的床邊站了起來，心裡充滿了一切已無法挽回的絕望。

秀代躲在被褥內不停地哭，夜裡，她從極度的疲倦中醒來，讀夜校的秀瑾不曾目睹父母的爭吵，一如往昔地沉沉入睡。這時，秀代聽見隔壁房間發出窸窸窣窣的說話聲。

父親問母親：「肚子餓了嗎？」

「少囉嗦！」

「我餓了，我去弄兩個荷包蛋來。」

秀代沒有聽見母親回答要或不要，有段很短的時間，突然沒有了任何聲響。然後是父親的腳步聲，走向廚房，不久，又從廚房走回來。他們似乎共用一個餐盤，正吃著荷包蛋，筷子碰撞瓷盤的聲音，在夜裡顯得格外輕脆。

第二天，父親和母親便和平常一樣了。秀代經過一夜的翻騰，覺悟到那扇木板牆橫隔的，是她難以進入、陌生的世界。

天亮了，母親起床後在廚房內忙碌的聲音，斷續地傳來。母親總在煮好稀飯後，一把她們姊妹喚醒。等她們漱洗完畢，才又去喊父親。父親惺忪著鑽進浴室，刷牙的時候，父親習慣性發出一連串像嘔吐的吼聲，好像要吐掉什麼不潔淨的東西。

每一次做完夢，秀代就會對周而復始的生活，感到懨懨不耐，昨晚夢見晃動的蘋果，究竟意味著什麼呢？她想。

出門的時候，白天在一家外資工廠當作業員的秀瑾，匆匆忙忙地走在秀代前面。秀代追上去，喊住秀瑾：「姊，走慢一點嘛。」

秀瑾步履匆忙，僅匆匆回頭瞥了一眼。到了十字路口，秀代打破沉默，跟秀瑾說道：

「昨天王老師叫我……」

話還沒有說完，秀瑾整個人飛跳起來。秀瑾一面奔過馬路，一面回頭對秀代喊道：

「哇，不得了，我又要遲到啦！」

秀代望著秀瑾的身影，消失在清晨疏冷的街道上，想跟秀瑾說的話，還如鯁在喉。

王老師昨天在走廊上遇見秀代，兩個人第一次趴在走廊的欄杆上，像朋友般地說著話。秀代很緊張，一面靜靜聽著王老師的講話，一面用很大的力量，支撐緊張發抖的兩腿。

「我觀察妳很久，好好努力！有空多看泰戈爾的詩，對妳很有幫助！」王老師輕描淡寫說著鼓勵的話。

秀代剛才一直想問秀瑾，泰戈爾到底是什麼人？王老師跟她說話的時候，並沒有解釋泰戈爾是誰，秀代急切地想知道，卻又不敢冒然發問。她牢牢記住了那三個字，並且把寫著「太、哥、耳」三個字的紙條，仔細壓在筆盒的底層。

但秀瑾匆忙的身影，令秀代期待落空。秀瑾曾經勸秀代放棄報考學費昂貴的五專，因為父親半年前失業，母親縫製代工鞋面賺取微薄的生活費，整個家庭正陷入愁雲慘霧之中。

秀代在最近一次的模擬考試中，英文一科只考了十八分，這樣的成績，是不可能參加聯考了。如果不能讀五專，秀代勢必要跟秀瑾一樣，讀私立職業學校，說不定母親還會讓她也去讀夜校，半工半讀賺錢貼補家用，但秀代卻擔心自己一旦讀了夜校，似乎一切都完了。

她不能清楚地分辨，究竟什麼原因不想讀夜校，明知道不應該罔顧家庭，但冥冥之中，似乎有一些比家庭更熱切的希望，在秀代的心中攪動著。

十字路口的紅燈亮了，秀代慌亂地搶過了馬路。

●

上午最後一堂的化學課，秀代無心聽課，低著頭在碎紙片上，用紅藍黑三種顏色的原子筆，交錯畫成網狀的線條。

秀代著迷似的，一筆一筆地畫著，一面聽著張老師在講課中間，穿插說出有關「景園」落成的消息。

「景園是請戴老師設計的，好得不得了，不得了。」

「學校會安排你們在景園拍畢業照，照出來一定很漂亮，一定，一定很漂亮。」

張老師留意到秀代時，秀代的腦中正閃過一絲疑問：「杜鵑也許早就移植到景園裡了啊！」她的疑問無疑是衝著張老師的。

「畫得好漂亮啊，畫什麼？」張老師站在秀代身邊問道。

秀代張著一雙大眼睛瞪視著張老師，賭氣的眼神似乎在質問：「你不是很喜歡我的杜鵑嗎？不是你叫我種杜鵑的嗎？」

她終於還是無聲地低下頭，把畫著線條的紙片，收進了抽屜。

已經十多天了，沒有人注意到秀代的杜鵑不見了，現在，秀代把滿腹委屈全都發洩在張老師的身上。

張老師當然不曾察覺，他走回講臺，例行地提醒著距離聯考的日子只剩下六十幾天了。

秀代把手伸進抽屜，摸索著她畫著網狀線條的紙片。她故意不去想那六十幾天的大事。她也故意不去想有關景園的一切。

不久，學校宣布景園開放半天，供應屆畢業生拍攝紀念照片。

那是五月的一個下午，太陽正驕恣，秀代擠在擦肩的人群裡。

赭色的木製大門攀滿了爬藤，秀代回想父親送來的軟枝黃蟬，該已攀爬在門上了。

秀代越過石板步道，那裡叢聚著尚未長高的龍柏及南洋杉，繼續向庭園裡面走，在擺滿小型盆景的花壇背後，秀代發現兩株較為高大的麵包樹，尚未結實的麵包樹已張開扇型的葉子。

有人擠撞她的肩膀，她挪移了幾步，回頭看見陳素慧正對著相機鏡頭，淺淺微笑，小虎牙從嘴唇邊露了出來。

她還看見孫亞雲一手搭在後腦，斜著臉故作深思。在她背後，一群鬼祟的男生，把手指放進嘴裡，吹出尖長的口哨聲。

秀代連忙轉回頭。她繞過麵包樹側面的噴水池。又名躑躅、常綠。秀代腦海裡浮出一抹熟悉的影子。她看見一串紅的後面，方型的花圃裡種了一整排的杜鵑。

前幾天的一次國文課，王老師讓同學們按照學校的進度自修複習。王老師在座椅間來回走動，秀代在王老師第三次經過她座椅的時候，鼓足勇氣問道：

「老師，請問……太哥耳是什麼人？」

王老師笑著，露出她雪白整齊但略顯凸出的上排牙齒，說：「印度的詩人啊，考試不會考這個，怎麼，這種節骨眼上，還有心情問這種問題啊？」

秀代一陣難堪，再也不敢抬頭看王老師流露出驚奇與訕笑的臉。

她站在杜鵑的面前，想到王老師輕率說出的話，忽然很深地失望起來。新栽植的杜鵑顯得零落單薄，枝叢間剛冒出的花苞，裹著緊緊的一層花萼。秀代伸手摘下一片綠葉，細茸的纖維馬上黏在她的手指上。

這些尚未結實茁壯的幼小杜鵑，就將在這個庭園中生長、盤根、吐蕊；然後春去秋來。秀代這樣想著，心裡忽然泛起了最後一次的悲壯心情，或許，照顧一株杜鵑的責任已經完成了。這時，身旁有人以極快的速度塞過來什麼東西，秀代本能地接住了，卻在回頭尋覓的時候，望見穿流不息的人群，在閃動的相機鏡頭下愉悅地笑著。

那以後，在市郊小鎮的這所中學裡最後的一段日子，秀代一逕仍是平平淡淡，她時常在下課短短的十分鐘內，登上學生大樓的陽台，在這裡，可以居高臨下，俯瞰花樹繁茂的景園，她數過，一共七棵的杜鵑裡，有一棵，是她的小螃蟹。景園落成不久，學校在柵門上加裝了鎖，秀代並不覺得意外，即使如此，她和她的杜鵑仍然聲息相通，他們是有默契的知心好友。現在，她站在四層樓高的陽台上，這是距離杜鵑最直接的地方，風吹動了她的黑色百褶裙，她一面用手按住翻動的裙角，一面默想著前日景園裡，那個陌生男孩傳來的紙條，上面寫著：「林秀代，很想跟妳做朋友！」

是曾經偷偷喚她名字的男生嗎？秀代覺得，這一切都跟她的杜鵑有著密不可分的關係。

鈴聲響起的時候，秀代撩起裙角，回到教室。

不久，她的中學生時代結束了。在日後經歷過的許多歡欣與失望中，她時常想起杜鵑的故事，好像生命活生生的感覺，就是從那時候開始的。

註：本篇原刊於《中華日報．副刊》（一九八六年三月廿八、廿九日），收錄於短篇小說集《山音》。

沉睡的信

他們約在新公園博物館入口、終年蹲在那兒的銅牛座旁見面……

如今，公園易名為二二八紀念公園，靠襄陽路的圍牆已拆除，博物館從省立變成了國立。她有時候坐車經過，會不經意瞄一眼，看看一左一右兩隻銅牛，還在不在那兒蹲坐著。

去參加一場朋友兒女的婚宴。途中，秀代想起了久遠前的往事。

她身穿深灰色針織衫配黑色小喇叭長褲，出門前自覺樸素得簡直失禮，便隨手挑了他臨別送的項鍊戴上。某年夏天，他站在靠騰雲號火車頭方向的銅牛座旁，遞給她，說是跟家人去了趟太魯閣，在當地買的。「這是送給妳的禮物。也不是特別值錢，就是一點心意。」他說。

她回家打開，才知道是條項鍊。純白的玉石項鍊，如今墜子的顏色有些鈍了，白裡透出淡淡的濁黃，很淡，讓人不確定原先的純白是如何的純。據說翡翠的色澤會隨著長時間空氣的浸染而氧化，深綠變成不規則的黃。她平日不戴任何飾品，身上多一件衣服以外的東西，都嫌累贅，飾品的知識趨近於零——她是堅持極簡風格的人。十六歲時，她著迷過鮮紅色，總算到了過年，媽媽答應為她買件紅色風衣式的外套，她穿著跟同學走在街上，覺得這就是自己了。過了段時間她又迷上了紫色，穿紫色的絲襪配紅色短裙，無視登徒子的眼光，搖搖擺擺登上天橋，青春無畏，她喜歡小小衝撞一下社會規範。不知何時起，她就不再那麼三八了，成為現下這樣，灰、黑、白。今天是個意外，意外的心情下，秀代戴上了項鍊，坐車無聊時，便想起了她的老師。

老師送了她一條項鍊，當時她是怎麼回應的，客氣地說聲謝謝，就這樣嗎？那時候她二十二歲，並不算太小的年紀，但仍然拙於應對。確實地說，她是個不協調的人，有時候熱情，有時候舉手無措的冷淡，如同世界在她眼裡的模樣。她的熱情來自年輕無知的執著，譬如誠實，後來證明誠實常常變成了傷害。

然後呢？他們朝不同的方向離去，好像並肩同行都是逾矩。那分手前兩人說過什麼嗎？她不記得了。

現在，她想起了那個匆匆結束的畫面，心裡漫溢起一絲罪咎。想像著那趟太魯閣之旅，老師沿途懸在心頭的念想，小心翼翼閃避家人的發現，才能買下那條女生戴的項鍊。

老師要全家移民去夏威夷了，此後他們將不再見面。這永遠的道別怎麼會倉促地結束？為何沒有走進公園散散步，或是去咖啡店說些道別的話？想來，這樣的謹小慎微，操之於老師。

晚飯後，她就讀國中的妹妹怒氣沖沖說著今天生物課遭到的冤枉。她說，後座的男生用原子筆頂她的背部，頂的力量越來越大，她無奈，只得轉頭接過男生手裡的紙條，幫忙傳給左側隔著走道的女同學。傳遞時，被老師撞見了。高瘦帶著山東腔的老師喝斥她，她縮回手，紙條塞進了抽屜裡。她以為好脾氣的老師不會深究，結果聽見老師像跟全班同學宣告似的說：

「妳是林秀代的妹妹，對不對？妳們名字相差一個字。妳姊姊多好啊，上課張著一雙晶晶亮亮的大眼睛，妳怎麼就不像妳姊姊呢？」

她聽完妹妹的敘述，也替妹妹抱不平。秀峰成績比她好得多，是準備考國立高中的好學生，而且，她不用分擔家務。

此後，她腦海裡開始出現老師對秀峰說的話。反覆幾次之後，被讚許的愉悅感，卻像寂寞一樣，迷茫。

她讀職校，傍晚下課，會多走一段路，到靠近濟南路的公車站等車。學校附近也有車站，但她刻意遠離如潮水般從校門洶洶湧出來的同校同學。有過幾次，她跟她們擠在公車上，身體挨著身體時，車廂漫溢的汗水味，讓她鼻腔發癢。她默默地走路，走大約四、五個公車站遠的路——日後走路成為她生活中最喜歡做的事。一個人走路，好像有了合理的理由，任由腦袋裡的念頭東漂西盪，沒有人說這樣不可以。她漸漸發現身邊有個高中男生，騎著單車從她身旁騎過去，又騎過來。

男孩是公車站附近那所第三志願的學生。他們開始交談，幾回後，男孩約她看電影。她之前看過外國電影，但屈指可數。跟認識未久的男孩一起看，她幾乎無法專心。走出戲院，他們搭一段車，去城中一家木造建築的咖啡店，吃冰淇淋。日後她又去過幾次，直到外觀衰老，老城區局部翻新，咖啡店成為現在的星巴克，並刻意仿製昔時的木造窗框。

然後，他們坐在公園涼椅上說話，一面喝公園號酸梅湯。

回家時媽媽責罵她，她老掉牙地謊稱跟同學去念書。秀代從未使用過念書這個藉口，不知為何，她說不出口任何藉口，總是放學回家，媽媽抬起頭來，吩咐她，「今晚要趕工喔。」她媽媽接了縫製鞋面的家庭手工，貼補父親寒酸的薪水，以致客廳如工廠。即使面臨大小考試，她仍然說不出口自己要讀書。第一次，她為了跟男孩見面，撒了謊。暑假裡，趕工沒有停歇。雨後的傍晚，有人敲門，一名女孩站在門外，她替男孩傳話，男孩說，下學期要專心讀書了，等聯考過後，再聯繫。她漠然，說了聲，好，轉身進屋。她不認為這代表自己失戀了，戀情根本沒有開始，他們只約會了一次，那不算。她低頭沉埋在鞋堆裡，線頭伸進去伸出來。但倔強，也很像寂寞。

步入中年後，她偶爾想起遙遠的初夏夜晚，不遠處露天音樂台的路燈，散放出比月色更加強烈的白色光，以致整座公園顯得特別淒涼，像哭過似的。他們並肩而坐，她個子矮，感覺兩腳無法著地，卻動也不敢動一下。

男孩談起電影，小心翼翼避免談論電影關於愛情的主題。他稱讚女主角艾莉・麥克勞漂亮，頻頻問她感想，她無法回答，應該說，如同考試一般的逼問，令她畏怯。那以後，她有意無意留意著飾演男主角的瑞恩・歐尼爾，猜想他是美國影壇的Super Star，超級大明星，直到再也沒有瑞恩・歐尼爾的消息。

在他們流動的言談間，男孩是主控者。他以炫耀的口吻，自我介紹剛剛考過空手道黑帶二段，他說：「空手道講究的是，信心。下次，帶妳去道館吧。」她靜靜地聆聽，漸漸地生出崇拜的心情，崇拜中夾帶著自卑，她什麼都不懂。

忽而，他聊起了家庭，說道：「我很擔心我妹妹，她很愛玩，到處玩，不肯念書，我怕她交上壞朋友，我不希望她繼續這個樣子。我媽最近開始上教堂了，我被她帶去一次，唉，太浪費時間了，星期天我要練空手道。她應該帶我妹妹去，我妹妹比較需要。」

男孩說到妹妹，皺起了眉頭，身為兄長，就該是這副疼愛的模樣吧。她留意到男孩眉頭的下方，一雙好看的單眼皮眼睛，聰明男孩都該擁有的一雙眼睛。她沒有哥哥，家裡只有三姊妹，她的家庭寒微，不值得說。總不能告訴他，我們家日以繼夜趕工縫製真牛皮的鞋面，那種鞋叫做帆船鞋，鞋面用棉線齊齊整整縫了一圈，給美國人穿的。

有一年，她在皮鞋店買了一雙磚紅色的帆船鞋，並無特別紀念的意思，純粹是路過，面向著櫥窗時，眼睛停留的瞬間，溜溜轉動的腦袋，想起了幼年往事。她想像著，她和家人手指反覆摩擦產生出疼痛感的一針一線，所縫製成的鞋子，搭乘輪船載往陌生的繁華異地，最後，穿在某個和她此刻相似年紀的女性的腳上，走逛一圈大賣場，買足一週的家庭所需，步履特別穩實的帆船造型，一步一腳印踩踏著遠方淌血的青春。

男孩繼續說：「妳聽過釣魚台嗎？美國把釣魚台送給了日本，釣魚台有豐富的石油，它是屬於我們的領土，這件事，鬧得很大，紐約那邊的留學生還上街示威遊行。最近大學生也到美國大使館抗議了。如果我是大學生，我也會去的。」

她搖搖頭，不明白男孩所指，但男孩化身神聖戰士的身影，彷彿敲開了她心裡緊閉的門扉，門扉敞開之際，卻是微微地刺痛。他的巨大，遙遠如天邊，她必須使出全身的力氣，方開口說出：「我種了一盆杜鵑。」

「在家裡嗎？」男孩問。

「讀國中的時候，在學校裡。」

「開花了？」

「沒等到開花，就畢業了。」

男孩露出同情的表情，安慰她：「喔，沒關係。過完年，春天的時候，台大校園到處都是杜鵑花。」

很久以後，秀代想起自己膽怯地仰起頭，對著男孩猛搖頭之際，她那雙天賦的受到老師讚美的眼睛，必然投射出了愚昧的目光，而剎那間拉開了兩人間的距離。那麼，當時的自己，倔強著不肯跟自己承認這就是愛的萌芽，或許是正確的選擇吧。有些寂寞，必須忍耐。

聯考過去了，男孩沒有依約回來。等待，像一陣輕煙，輕輕地飄過，並無疼痛。她早早踏入社會，在茶藝館謀得端茶倒水的差事。蹲下身倒茶時，她撥開長髮微笑，耳邊飄絮般飛過藝術家們的笑語晏晏。某位不修邊幅的畫家靠近了問她，「要不要到我畫室當模特兒？」她依舊微笑，起身而去，背過身便咒罵畫家不懷好意，噁心。但是，除了端茶倒水，她不知道還能做什麼？

諸事煩亂無從排遣之際，她鼓起勇氣寫信給老師。老師記得她，記得她有雙大眼睛。

偶爾她到老師家，坐坐，跟老師說話。以她現在的年紀，無法想像年過四十的男人，如何接下青春少女蒼白的話語。會不會覺得她言語乏味，為賦新詞強說愁？或是有她無法明白的，譬如乾枯的中年心湖，被一根小湯匙攪動，而致水波蕩漾？也或者單純覺得有趣，年輕的女孩，原來是這樣啊？

幸好老師正拜師學習針灸，她後來總說心情憂鬱，睡不著覺，讓老師替她在頭頂扎針，這樣，便稍稍化解了兩人呆坐的尷尬。她不知道老師學藝精深與否，但她信任老師，當細細長長的針尖穿刺入頭皮，她感覺老師的手拂過她的頭髮，刻意小心，避免她感覺疼痛。當然還是痛的，刺入的剎那，她閉上了眼睛。嗯，她還帶姊姊秀謹去給老師扎針，愛美的秀謹臉上老是冒著青春痘。

如今留在腦海裡的畫面，是她和老師坐在客廳說話時，總會有個男人提著水桶，穿過客廳，到外面的庭院替花樹澆水。那是老師的弟弟，假日裡回到父兄的家，分擔照顧老父。

第一次去老師家，老師曾向她介紹庭院裡的花草盆景，這是軟枝黃蟬，夾竹桃科，開花是鮮豔的黃色，特別漂亮；這是玫瑰，妳一定認得，女孩都喜歡玫瑰；這是虎尾蘭……老師家的庭院種滿了各式盆景，一盆盆花樹不規則地任意擺放，僅留出窄窄的走道。其中有棵貓薄荷，老師摘取了幾片葉子，為她泡了杯散放出冰涼香氣的茶。

無數年後，秀代在靠碧潭的街上遇見老師的弟弟，她還記得他，雖然外貌老態許多。有些人的長相特別具有辨識度，見過就難忘。但還有個可能，他們從未正面交談，總是隔著距離相望。這樣的人，固定不變的臉部輪廓與表情，反而容易記得。她感嘆歲月殘酷，她幾乎想不起來老師的面容了，卻一眼認出了老師的弟弟。

趨前自我介紹後，他說了老師罹患肌萎縮性脊髓側索硬化症的不幸消息。他說：「這種病很可憐，身體不能動彈了，腦筋卻是正常的，還能想事情。我不知道哥哥躺在床上，日子是怎麼熬過來的。喔對了，我們這邊稱這種病叫做漸凍人，漸漸變成像被冷凍了一樣。」

最後一次，他們穿過滿庭花樹，記得她還絆倒了一盆玫瑰，盆土傾倒，玫瑰花瓣也落了些在地上，老師彎身扶起，頻頻說：「沒關係，沒關係。」到了大門口，老師回頭張望了一眼，露出很抱歉的表情，對她說：「師母不高興，妳下次不要來了。我們還是寫信吧。」

老師的來信習慣稱呼她，秀代同學。每封信都是這樣開頭。想必她也稱呼他，老師。他們就是這樣的關係。

婚宴回來後，她把項鍊隨手扔在茶几，被桌面凌亂的雜物遮蔽。數日後，她斜睨瞄到，拿在手中，發現項鍊的背面是幾根銀製的細絲，盤住了玉石墜子。年紀很小的時候，每個人畫太陽，中間一個大圓，圓框外放射幾條細線，代表陽光普照。項鍊的背面很像一顆太陽，從墜子的大圓裡放出細絲般的光芒。她從未留意過項鍊的背面，握在手裡時，甚至覺得項鍊的正面，也極為陌生——譬如墜子的邊框有些精緻的雕工，很像植物的葉片。

她將項鍊放回已成骨董的首飾箱裡。箱子是媽媽留給她的遺物，裡面卻沒有太多珠寶首飾，而是用來盛裝指甲刀、印章、釘書機等等的雜物。由這個小地方，證明了她已是被生活馴服的人。

「秀代同學，妳的事情解決了嗎？」在某一封來信裡，老師一開口便殷殷地垂問。

少女時期，她發生過許多事，年歲移轉，已想不起來老師指的是什麼？難道她發生的所有事都向老師傾吐嗎？想到此，她感到汗顏，真希望自己沒做過這些愚蠢的事，譬如那些不值一提的愛情。

收拾好項鍊，她便開始翻箱倒櫃，在櫥櫃的底層，有個小紙箱，裡面是她保留下來的信件與照片。四十歲以後，她經常犯毛病，一個念頭閃過，就毀掉手邊的東西，她總是不停地悔恨，恨不得消滅掉所有的過去。紙箱裡被保留下來的東西，未必最重要，只是倖存。

她從紙箱裡翻找出老師的來信。老師的信已丟失了大部分，僅餘從國外寫來的。在日期最早的信中，老師說他正專心上課，準備考針灸師執照。「夏威夷的華人，為區區一點利益，勾心鬥角，真令人討厭。等考上執照，我就搬到美國本土去。」

接下來的信則發自舊金山。老師習慣用半透明的紙寫信，信紙沒有隔線，字體忽大忽小，滿紙的飛揚跋扈，她已進入老花眼的人生階段，沒辦法讀了。但她仍然努力地，穿過字裡行間，尋索一絲絲過往的訊息。老師問她事情是否解決了的後面，跟隨的是，「凡事不要太任性，轉個彎又是一番風景。」她哼哼笑出了聲，這樣的時刻，老師就像極了老師，像極了中年世故的男人。

這個中年世故的男人，每每接到她的信，總說：「真使我意外地感到驚喜與高興。」至少三封信，是以這樣欣喜的口吻開頭。

驚喜？這表示自己甚少寫信給老師。那麼，是在什麼心境下，必須寫信呢，苦惱的時候嗎，有好事發生的時候嗎，還是偶爾興起了思念？

她在茶藝館的工作還算穩定，老闆欣賞她沉靜、美麗，特別適合為客人斟茶。她學習了茶藝，學會分辨茶葉的優劣，喜歡換班時也替自己斟一杯茶，看著烏龍的葉片在茶壺裡伸展，感受著那沉下來安安靜靜的一顆心。但她還是有許多的煩惱，跟兩名常客有了感情的糾葛，她總是受傷的那一方，受了傷還必須強忍，不讓老闆知道自己闖了禍。那些傷害她的人，不再來喝茶了，有時候老闆問起，她微笑以對，心在痛。

這些爛事，記憶裡，她不曾寫信告訴過老師。但記憶越來越不可靠，她對自己經常感情用事的衝動，也越來越感到羞慚，甚至討厭起自己。明明有幾個閨密好友，述說的慾望卻如此強烈，面對夜燈下的一頁信紙，她會難以控制地，把自己全數掏出來，並以為這是珍貴的誠實。事實是，不過是幸運擁有一個接受妳的人。那人是誰，是老師或是什麼人，都可以。

在一封較短的信裡，老師在信尾寫道：「以後來信請寄以下地址……」她咀嚼著短短一句話的背後，可能發生的事故，應是師母不開心吧，吵架了嗎，或是更為嚴重的要求老師斷絕與自己往來？所以必須換一個安全的地址。

因為她，老師對家庭、對妻子，有了無法袒露的難言之隱，必須從另一個隱密的管道，偷偷與她通信。在一封秋天寫來的信裡，老師寫道：「來美後，就像一只脫了線的風箏，遠離了我所熟悉的，一切也遠離我而去……」脫了線的風箏，飛遠了，疲乏了，想要抓住什麼，老師抓住了她，她是老師心目中故鄉虛擬的總和。這麼想，讓她有了可以坦蕩的理由。她因此毫不介意師母的態度，毫不去設想一個女人的傷，她傲嬌地相信自己，清清白白。

然而，總有一些隱筆，此時讀來，讓她困惑。「後天就是中秋（這封信寫了好幾天），更使人倍思親、思土、思……那一夜，只有千里共嬋娟了……」

她後來轉換了工作，常來茶藝館的畫家介紹她到畫廊。接觸的人跟從前不同了，在茶藝館，她習慣蹲下身體，在畫廊，她站得直挺，甚至揚著下巴。她仍然做著端茶倒水的工作，以泡茶款待那些口袋很深的買家，他們總說她的茶好喝，臉上流露滿足的微笑。她明瞭那小小茶碗裡淡淡茶色的湯水，水的波紋富有神奇的魔力，可以套住某些人的心神，而她則是纖纖手指間擺弄茶具的女僕，畫廊的工作跟茶藝館並無不同。但老師卻很高興，他在信中不斷說著祝福的話，並相信自己的學生有朝一日必定飛上枝頭。而他，「我已沒有了希望，僅為了一家五口的生計，在異鄉庸庸碌碌。」

她的青春無忌，反照著老師的中年衰頹，年輕，讓她無所畏懼，她現在知道，這是多麼殘酷的步步進逼了。

在一封夾在耶誕卡片的信件中，老師提及數月前回台灣，「原本想去看看妳，但猜想妳工作忙碌，就放棄了。」如今，她已是滄桑歷盡，不免猜想文字背後隱藏的餘緒。想見她，很想見她，卻又不敢見她，託稱忙碌，其實是猶豫而卻步吧。老師不敢見她了，他們的關係只能存在於文字裡。文字沒有障礙，可以直白，也可以掩藏。

於是，很長一段時間，他們維持著互寄耶誕卡片，互道聖誕快樂，儀式性的珍重著彼此。直到某一年，她以為看到了人生的曙光，結果卻丟掉了工作，把自己打回最初的窘地。

在某次吃飯喝酒的歡暢過後，畫家保羅送走了所有人，回頭抓住她，說：「留下來，陪我。」她點頭，答應了。保羅是返國不久的畫家，擅長超大號的抽象畫。她的畫廊經理偶爾拿著一只信封袋，裡面裝著一疊鈔票，讓她交給保羅。保羅因此無憂無慮住在四十五坪公寓裡，揮毫著他愛了一輩子的靛藍色。她留了下來，保羅從身後環抱她的腰，輕吻她的耳下，一頭毛捲的亂髮摩娑著她的頸脖，細聲說著：「嗯，有茉莉花茶的香味。」

她成為保羅的追隨者，跟著他和藝術圈朋友吃喝，保羅總是摟著她的肩，喚她秀秀，她則微笑不語。他們成了被八卦的畫壇情侶，保羅與秀秀。

畫廊經理提醒她：「沒錯，他很有才華，很討女人喜歡，但他可以當妳爸爸還有剩耶，而且他的婚姻始終拖著，沒有解決。我是為妳好，妳要想清楚。」此後，便不再讓她轉交信封袋了。

她開始幫保羅打點生活，煮飯、洗衣、拖地、整理房間。休假日，她將放了一星期的髒衣服扔進洗衣機，她坐在陽台，聽著機器轟隆轟隆的聲音發呆，想著老傢伙正在畫布上傾倒顏料，畫畫時，他是瘋魔，不會有片刻想起她，而她卻無時無刻不想著這如父的戀人。當她坐在洗衣機旁想著他，嘴角微微揚起了笑意。

耶誕節前，保羅帶她離開了台北，一路桃園、台中、台南、高雄，他總是打一通電話，跟朋友說，我是Paul，朋友便呼朋引伴，盛宴款待。酒酣之際，朋友們跟保羅說，你有了秀秀，畫更值錢了，保羅便洋洋得意，嘻笑著將一頭亂髮竄入她的胸前。

他們從借宿的陌生床枕間醒來，保羅睡眼惺忪，拍拍友人的肩膀，說聲：「叨擾了，不好意思呀。」她則低著頭，磨蹭著收拾行李，躲在保羅的臂彎下，匆匆告別。

逸樂成了不祥的伏筆，他們忘記了時間。返回台北，老師的耶誕賀卡躺在書桌上。啊，她也忘記了老師。她感到懊悔，應該先寄卡片再出門玩樂的。耶誕已過，那麼，明年吧，明年一定記得寄卡片給老師，或許屆時有什麼好消息也說不定。

就此，他們中斷了通信。就因為她忘了寄耶誕卡片，就因為她始終浮沉不定，時代翻頁，脆弱的老人，再也不敢寫信來了。

在分不清前後的幾封信件中，她發現老師近乎迫切地問她，上回寄給妳的詩，收到了嗎？收到的話，請跟我說一聲。妳搬家了嗎，若有新地址，請跟我說一聲。

她與老師通信的情緣，原來，操之於她。

老師信中問起的那首詩，寫在一張水藍底色的卡片上，是特別寫給她的。

我從黃昏的港邊
遙望海與天空銜接的遠方
原該是一片混沌的盡頭
為何卻出現了金黃的日光燦爛
或許，那是昨日的幻影

氣象報告說，明天起寒流要來，北部氣溫將驟降十度。她趁變天前，提著水壺給陽台的盆景澆水。不記得什麼時候開始，她養成了種植的興趣，在方寸大小的空間，栽種從花市買回的盆景。在她手中死去的植物數不清了，杜鵑死的時候，她傷心過幾天，她慢慢理解植物跟人一樣，有生即有死，對植物的死亡，漸漸感到了淡然。天漸冷，她仔細觀看，茉莉的葉片有些乾枯，判斷活不過這個冬天了。旁邊的彩葉草，陽光不足，始終伸長脖子徒長，她苦惱著，不知該怎麼拯救。矮牽牛則生命力旺盛，前幾天還在寒涼中開出豔紫色的花。從屋頂垂降的長葉腎蕨，一發不可收拾地冒長成一頭亂髮，有時看著，竟覺詭異地像有了人的生命（或是某個刻意遺忘的人）。最讓她苦惱的是孤挺花，種了十餘年，以為繁殖力結束了吧，卻繼續分長出新芽。

澆完水，她坐下來，趁先生小孩回家前，再讀一會兒老師的來信。窗外的天色漸漸灰暗，她想著垂死的老人，在僵固的身體包裹著的大腦裡，偶爾昏沉地想及自己疼愛過的女學生，或許自責不該付出太多的情感，這額外的情感，終究無處安放，以致轉眼成空——無論那或可被稱為是某種情分的愛的情感，屬於什麼性質？

而現在，或可被稱為是某種情分的愛的情感，正折磨著她，令她愧悔不已。但她深知睡一覺，明日起來，那些意外從沉睡中甦醒的過往，那些突然而至的騷動，船過水無痕，就過去了。這是她現在這個年紀的，寂寞。她抬起頭，望向窗外，恰好看見陽台一整排綠色植株，在寒流即將來襲的冬日，風中搖曳的那朵矮牽牛花。

後記

約十年前，我離開職場，轉投入小說寫作，背後的動力除了少時「我的志願」的召喚，內在「苦悶的象徵」也是原因，或許兩者從來都是一體兩面。

但寫小說這件事，並不容易，寫什麼、怎麼寫，光是這「怎麼寫」，就備極艱難。我勉力完成長篇小說《浮水錄》後，改寫短篇，無非是像名小學生，勤勉學習。學習的路途不免遭遇困頓，頻生自我質疑。一念間毀去文字，應也是許多寫作者的家常便飯吧。

學習的路走得久了，忽然間好似看見前方有盞燈亮起，讀著某些篇章的草稿，竟有如面對詩體般，被閃爍的光縈繞。用白話來說，就是被自己的文字感動（請原諒我的浮誇），這近乎奇詭的經驗，轉眼十年。

感謝九歌出版社總編輯陳素芳，願意出版《暗路》，在九歌出書，是我的心願，希望九歌創辦人蔡文甫先生，雲遊天上，會心一笑，慷慨原諒我過往的疏懶愚笨。蔡先生是了不起的出版家，他勉勵過許多寫作者，多不負所望，而我是辜負了他的人。遺憾我在完成職場生涯後，才重新執筆，此時蔡先生已溘然長逝。如今的我，趁著餘燼未熄，以文字遣人生的悲懷，也報答這世間的情義。在此，特別鞠躬感謝蔡先生當年的器重與勉勵。

照說，作者不應干擾讀者的閱讀，但收錄書中的〈花事〉一篇，需要特別說明。

〈花事〉原收錄於我如今已無法示人的少作《山音》。寫長篇小說《浮水錄》時，需要為書中的兩姊妹命名，換了幾個名字都不順手，姓名不順手，小說就寫不下去，最後靈機一動，將舊作〈花事〉裡的姊妹名字，挪用過來，此後寫作就順了。這小小的討巧讓我領悟，為小說人物命名，如同賦予生命。出書後，有三位朋友發現了這則小祕密，並各有解讀，便決定將舊作公諸出來，但文字重新修潤過，少時冗贅的文字，到了斷捨離的年紀，已無法消受。寫作後期，再為兩姊妹寫了後續的〈沉睡的信〉，並平白又多了一個妹妹。寫小說的人，手握上帝的權柄，任性於虛構。

《暗路》多蒙朋友們的幫助，衷心感激。特別謝謝：律師洪瑄憶、太極導引教師李為仁、台語教師陳豐惠、醫師薛常淑；我的好友陳蕙慧、李美桂、謝淑惠、張怡雯、高慧瑩、官月淑、蔡敏玲、許琳英、孫秉剛；以及九歌出版社總編輯陳素芳、編輯張晶惠、行銷洪沛澤和黃毓純。

接下來，就請讀者不吝指教了。

九　歌　文　庫　1411

暗路

國家圖書館出版品預行編目 (CIP) 資料

暗路 / 李金蓮著 . -- 初版 .-- 臺北市 :
九歌出版社有限公司 , 2023.08
面 ; 14.8 × 21 公分 . -- (九歌文庫 ; 1411)
ISBN 978-986-450-583-8 (平裝)
863.57　112010630

作　者——李金蓮
責任編輯——張晶惠
創 辦 人——蔡文甫
發 行 人——蔡澤玉
出　版——九歌出版社有限公司
台北市 105 八德路 3 段 12 巷 57 弄 40 號
電話 / 02-25776564・傳真 / 02-25789205
郵政劃撥 / 0112295-1

九歌文學網　www.chiuko.com.tw

印　刷——晨捷印製股份有限公司
法律顧問——龍躍天律師 ・ 蕭雄淋律師 ・ 董安丹律師
初　版——2023 年 8 月
初版 2 印——2024 年 3 月
定　價——320 元
書　號——F1411
I S B N——978-986-450-583-8
9789864505869（PDF）

（缺頁、破損或裝訂錯誤，請寄回本公司更換）
版權所有 ・ 翻印必究　Printed in Taiwan